DEMONIOS

Demonios

Huáscar Robles

la secta de los perros

Demonios
Primera edición: marzo, 2022

Editor: Gaddiel Francisco Ruiz Rivera
Diseño y diagramación: Adaris García Otero

La Secta de los Perros
Río Piedras, Puerto Rico

ISBN: 978-1-61505-503-6

Contenido

CAPÍTULO 1

Cuando me acerco a aquellos días sin luz, concluyo que vine al mundo a hacer dos cosas: protestar y obedecer. Durante la niñez, claro, había que obedecer, pero mis padres disfrutaban al ver a su primogénito objetar, porque así eran los hombres de la patria... contestones. Mami me imaginaba algún día en El Capitolio, luego de la escuela de derecho, y Papi alimentó esas musarañas colgando la bandera del partido independista en el cabecero de la cama, a ver si por ósmosis se me pegaba algo. Con el pasar del tiempo, discursos, manifestaciones, bohemias y tertulias comenzaron a desvanecerse. Estoy seguro de que comenzó aquella mañana de julio, el día la mudanza.

Para empezar, Papi ya había puesto trompa por razones inciertas, pero esa era su cara, lentes de Erik Estrada y bigote de Frito Bandido. La pasión, la tristeza y la decepción se escondían tras esa máscara. La preocupación en sus ojos se ancló dentro de la memoria: en recuerdos de ayer o cientos de años atrás. ¿Quién sabe? Era muy probable que, esa mañana, el coraje lo causara el calor inmundo del Datsun del 78, sin acondicionador de aire. Papi, aparte de ser médico, tenía ínfulas de mecánico. Le metió tres tuercas y una llave, y, aun así, no escupía frío. Con el Datsun henchido de motetes nos despedimos del hogar en la Calle C-22 en Villa Nueva. Subimos cuestas, doblamos por curvas, vimos el pueblo transformarse en campo y aún no salíamos de Caguas.

–¿No te parece que antes de comprar una casa, hubiera sido mejor comprar un carro que de verdad funcione? –me quejé. Se me fue la lengua y Papi, que en verdad me hubiera metido un tapaboca, lo que hizo fue reírse, o creo que vi en el retrovisor una sonrisa.

En el camino, entendí que no saldríamos del pueblo de Caguas. Iríamos a la frontera con el pueblo de Cidra. Para llegar al sector Certenejas había que conducir más de media hora en la carretera #172. A esa le decían "la senda del diablo". En sus muchas curvas y maleza frondosa se asomaban cruces blancas que conmemoraban a los camioneros que se estrellaban contra la valla y morían en el precipicio.

Papi se estacionó frente a un chinchorro con un letrero que leía *Maví Sí, Estadidad No.* Cruzó al restaurante detrás de un cartel de Schaefer que competía con otro de Winston, el cigarro que olía a Puerto Rico. Por su lado, Mami cargó a los nenes para que fueran a orinar detrás de un palo.

Un alarido se escapó del balcón del restaurante y no pude contener el deseo. Subí por las escaleras y brinqué por encima de un gato bicolor. Un joven un poco mayor que yo se sacudía en el suelo. Los viejos del chinchorro lo cercaron y examinaron las convulsiones de aquel trigueño sin camisa. Me abrí paso entre los hombres para ver al joven enfermo. Los ojos ya no eran blancos y marrones, solo blancos y un espíritu le halaba la cabeza para decapitarlo. Del pecho miré al abdomen y del abdomen la cintura. Ese camino de vellos entre el ombligo y la cintura creó en mi la misma sensación de un antojo, pero no por algo que pudiera saciar con la boca. Por segundos sentí que él era yo y me quedé allí observando y tratando de entender lo que veían mis ojos. Con cada entrometido que se asomaba a ver al enfermo, más ocultaban al sol y así quedamos él y yo entre las sombras.

–*¡Miraenelnombredelseñorjesucristosalfuera!* –dijo una mujer a contra luz, sus trenzas bailaban como las serpientes de Medusa.

–*¡Salfueradiablo!* –gritó con tal rapidez que ni diablos ni humanos pudieron entenderla. Se unieron otros en la plegaria. Unos hablaron disparates y otros le rogaron a Dios, pero por más que oraron y chillaron "Gloria a Dios en las alturas", Dios estaba ocupado. El joven siguió batiendo su esqueleto, músculos y güevos dentro de aquellos cortos ajustados.

Una luz separó a los entrometidos, el salvador divino del chico atribulado. Era mi padre, mi padre que soy yo, porque somos de la misma sangre.

–Muévanse coño, ¿me están jodiendo? –dijo Papi. Se arrodilló detrás del joven y le sujetó la cabeza. ¿Cuánto tiempo lleva temblando? –preguntó a la chusma, pero los espectadores habían enmudecido. El tipo paró de temblar, la gente dejó de orar y, poco a poco, se apartaron. Mami me dio un jalón que casi me rompe el codo y, con Pedrito al hombro y con Maro enfunchao, nos sacó de allí.

En el Datsun, encharcado en sudor y miedo, no pude arrancarme la imagen del epiléptico. Unos minutos más tarde, tomamos una izquierda en la Panadería Imperial y descendimos por un hoyo donde se asomaba nuestro futuro barrio. Vi casas tan separadas una de la otra que no entendía cómo se podía llamar eso un vecindario. Nos estacionamos en la nuestra. Mis padres y hermanos corrieron y entraron por las puertas de caoba detrás de un balconcito cubierto en helechos y heliconias. Era una mansión, pero no un hogar. La casa estaba compuesta de tres bloques de cemento en pila. Parecía un hospital, un lugar para morir, no para vivir.

A Papi se le hinchó el pecho al ver ese espacio infinito de hormigón y losas italianas. Mami, por el contrario, encorvó la espalda al percatarse todo lo que tendría que sacudir, limpiar y mapear. Maro brincó a las millas por las escaleras flotantes hacia las habitaciones del tercer piso.

–¡Ay Pedro! ¡Los nenes se van a rajar la cabeza por esas escaleras! –pronosticó mi madre, estrujándose el pecho.

Rayito, mascota mía y no de mis hermanos, me siguió todo el día con miedo en los ojos. Pedrito y nuestros padres cruzaron al patio por una puerta corrediza. Rayito y yo, en el ombligo de la casa, absorbimos la magnitud de aquel monstruo. Esa era la moda: construir una casa, hacerla de hormigón, con acres de plátanos, perros y la piscina del comercial de Hellmann's, quien no la tenía se quedaba a medias. De una forma u otra, nuestra familia siempre se quedaba a medias.

Pasé por las puertas corredizas y pisé una que otra lombriz que se asomaba en el lodazal. Me acerqué a mis padres que miraban tiesos el suelo. Los acompañé en su meditación y vi donde miraban.

–Maricón de mierda –dijo Papi antes de percatarse de mi presencia. El contratista, ese maricón de mierda, no terminó su labor y dejó varias cosas sin terminar: un baño en el tercer piso, la mitad del garaje y, por supuesto, la piscina.

Nos habíamos quedado sin piscina. Nos habíamos quedado a medias.

* * *

Vivíamos en dos hogares. Uno era diurno. El tragaluz de la sala iluminaba muebles, mesitas, vasijas, cacharros y cientos de tereques que en la casa de Villa Nueva jamás pudimos acomodar. El otro, el nocturno, era una bóveda de sombras, secretos y murmullos constantes.

–Estoy seguro que esas son las patas de una criatura arrastrándose por el techo –le dije a mi padre.

–Las casas se contraen y expanden en la noche –respondió él con voz científica.

Mami necesitó ayuda doméstica y, al vivir tan lejos de sus hermanas, contrató a una joven, hija de una vecina de Villa Nueva. Socorro aseaba la casa, pero su objetivo principal era evitar que Maro, Pedrito y yo nos lanzáramos por las escaleras o ahogáramos en el jacuzzi. A los nenes les arrancaba risas con pellizcos y besos cariñosos. A mí, me confesaba el dolor que le causaba un tal Chino que, además de rebulero, alardeaba del Mazda RX7 que enceraba todos los días.

Soqui, como mi mamá le decía cariñosamente, tenía su propia llave. Entró una mañana justo cuando Papi iba a su nuevo empleo en una fábrica de Humacao. Era obvio, por el hastío en sus ojos, que Papi no quería ser doctor de compañía gringa, pero después de que el hospital recortara horas y lo asaltaran en su consultorio, no tuvo de otra.

–Buenos días, Socorrito. Estrella, besos –dijo y salió dejando un olor a Aqua Velva en la sala.

Mami no perdió el tiempo y le otorgó tareas a Soqui. Primero: los cuartos. Los dormitorios estaban en el tercer nivel, un piso tan alto y cerca de la estratósfera que parecía ocupar su propia dimensión. Limpiaron, mapearon y colocaron los muebles hasta imitar las páginas del catálogo de Sears.

Segundo en la lista: el primer nivel. Ese lo forraron con máquinas de coser, armarios, con figurines holandeses que debajo leían *Made in China*, y muebles de ratán traídos de una hacienda en Aguirre. En la pared del comedor, Mami clavó 16 muñecas de cerámica que coleccionaba desde chica. Cada vez que cruzaba para robar Oreos con Quik, los ojos de las niñas muertas me recobraban la conciencia. Malditas muñecas. Las guardianas de la merienda, el ejército de mi madre para que no siguiera creciendo de lado.

–Eyerí, tú tiene que pará el pico, tú sae, ¿no? Tú tiene una cara tan linda, nene. Te va poner redondito si sigues comiendo como aspiradora y las nenas no te van a querer –cuando Socorrito me amonestaba por gordo me daban deseos de hundirle la cara en el inodoro.

Yo no me sentía gordo. No veía a un obeso en el espejo. Tal vez, no asociaba las palabras gordo y obeso, con tantas vocales abiertas, con alguien chiquito como yo. Pero sí. Comía. Era un barril sin fondo, un monstruo come galletas que aspiraba todo lo que veía a su paso: Cameos, Bimbos, palitos con queso, patitas de gallo, Cheetos, Doritos, Leche con Quik de Fresa, Mantecados Nevada y batidas de Burger King. Si salía en la tele, yo lo quería en la boca.

Esa noche, luego del regaño de Soqui, caminé en puntitas al baño. En el recuadro del espejo no veía a un gordo. No podía serlo. Era un niño. Pijama, granitos de mozo y una gran cabeza en forma de manzana. Desabotoné la pijama y palpé con mis manos la gordura. Junté las palmas y el escote que formé se pareció a los bustos que conocía: mi madre, las vecinas de Caguas y hasta el de Socorrito. Algo ocurre cuando se caen las máscaras: entra el miedo en forma de frío y en lo que te ajustas a la verdad, pierdes un poco de ti. Lloré al despedirme de mí y aceptar la grasa y las tetas. Gateé hasta la cama. De mi bolsillo retiré una paleta roja de ajonjolí en forma de cubo. La puse en mi boca, hostia de la noche, y chupé sin darme cuenta hasta la madrugada.

En la mañana me levanté con gotas de lluvia en el rostro. Caían del cielo e inmediatamente desaparecían en la piel. Lo que en un comienzo me dio placer, luego me irritó. No eran gotas de agua lo que corría por mi piel. Batí a las hormigas malditas que hacían fila para masticar mi cuerpo y aplaudí para matar a las cabronas que subían por los muslos. En la sábana húmeda vi un charquito de saliva rosada y el esqueleto de la paleta que había saboreado durante la noche.

Bajé las escaleras en un silencio matutino sin niños que jodieran o padres que pelearan. Doblé en la cocina y pasé a la lavandería. Una puerta daba al patio donde mis padres habían exiliado al pobre perro. Qué crueldad permitir que Rayito embistiera solo los fantasmas de este campo. Al verme, me brincó encima y lamió la cara. Me recosté en la casita de madera y zinc que Papi le había construido y miramos el sol despertarse detrás de los bambúes y árboles de limón. Hablé con el chihuahua, pero en realidad hablaba con la tierra, las nubes y toda la naturaleza que escuchaba mi plegaria:

–Lo siento, Rayito. Siento mucho que te hayamos sacado del bullicio del valle para traerte al silencio de la montaña. Siento que estés atado a tu propia casa y no puedas pasear por las calles. Siento que no puedas ladrarles a los vecinos y ahora le ladres a la noche. Supongo que también extrañas a Doña Blanca y las grosellas que nos traía Don Felipe, a la Parroquia San José, al Parque Mónagas y a todo destino que tuvimos en aquel mundo. Ahora vivimos al margen de los mapas, tan cerca del cielo y tan lejos de la civilización. ¿Escuchas ese soplo en la lejanía? Son los pulmones del bosque. Tal vez es un aullido, un reto o peor, una advertencia.

Nos recuerda que entramos en tierra del diablo y, por supuesto, fuera del mapa.

Rayito, lo siento.

Capítulo 2

Mami nos condujo en tinieblas hasta la mesa donde continuaríamos nuestras lecturas de verano. Tanta lectura, tanta esperanza puesta en un futuro yanqui. Maro abrió las primeras páginas de *El curioso impertinente*, pero su cerebro de nueve años no pudo descifrar las conjeturas de Cervantes. Pedrito babeaba las tarjetitas del juego *Memory*, otra trampa que la Hasbro le tendía a la familia puertorriqueña. A mí me aventó un libro llamado *Heart of Darkness*, una historia de aventuras de Marlow, un joven marinero. Quería que leyera en inglés, aunque ella no supiera decir *pollito chicken,* o *gallina hen*.

Confió en que devoraríamos los libros en su ausencia y fue a recibir a Soqui, que llegó con la cara ensopada.

–Pero, nena. Esto no es sudor. ¿Tú estás llorando?

–Ay, Estrella, o se lo pico o me mato.

–Señor te reprenda, Soqui, mira Jesús, sácate eso de la boca.

–Sí, que venga y me encuentre muerta en el piso pa que me vea en un charco de sangre.

–Bueno, nena, mejor pícaselo, entonces.

Socorrito sonrió entre mocos y lágrimas y se sentó a la mesa con nosotros.

–Tú tranquila, que eso se le pasa. Los hombres son así

–dijo Mami y miró ahora al caldero de arroz y pollo–. Comida, lectura y cama, ¿oíste, Soqui? ¿Me oyeron?

–¿Pa dónde vas? –pregunté.

–Una cosa de la iglesia a la que tu pai quiere ir.

–Quiero helado.

–Yo también, Eyerí, pero en vez de comer helado, voy a la iglesia. Ponte a leer y haz lo que te diga Soqui.

Asentí, pero presentí que, al igual que el barco de Marlow, me precipitaba a un lugar desconocido. No era el mar, el hambre o la tifoidea, eran las lágrimas de Socorrito las que traían una historia. Papi recogió a Mami sin salir del carro y desparecieron en la colina. Las montañas de arroz que Soqui nos sirvió tenían el propósito de matarnos de sueño. Maro durmió, pero comer sin medida era mi único deporte y aguanté. Puso al más chico en la cuna y regresó a la sala.

–¿Qué pasó cuando llegaste, que querías matarte? –pregunté.

–Ay, Eye, si supieras que ayer Chino nunca regresó de la fábrica y lleva tres días sin contestar los mensajes que le mando al beeper –respondió y sacó el suyo de la cartera para verificar una vez más.

–Tal vez se le rompió el beeper y por eso no recibe tus mensajes –dije.

–Lo pensé, sí, quizás. Ay, pero qué coraje. Y ¿si está por ahí con aquella cuera?

–Pregúntale a la Güija.

Eso de la Güija era otro invento que tenía a la gente cagándose del miedo. Se suponía que el tablero con letras y un puntero en forma de corazón hablaba con el otro mundo. Mis padres lo habían traído pensando que era otro juego de mesa como *Candyland* y *Chutes and Ladders*. En la mesa de la cocina, Soqui le sacó el polvo a la caja y la abrió. En la calle se fundió un poste de luz y quedamos más cerca de la oscuridad.

Soqui haría las preguntas y yo sería el instrumento de los santos. Puse los dedos en el puntero y esperé que brincara entre las letras del alfabeto para recibir el mensaje. La pregunta ya la conocíamos. Independientemente de lo que los espíritus confesaran, el paradero de un títere como Chino era el mismo: la cárcel o el SIDA. Muchas fueron las veces que Mami le tiró el control remoto al televisor al ver a uno de sus sobrinos en una redada de drogas captada en las noticias. Los que no iban en patrulla eventualmente se iban en ambulancia. Soqui quería saber cuál de los dos era el destino de su jevo.

–Güija, ¿dime dónde está Chino, plis? –preguntó.

Sentí la corriente y mis dedos movieron el puntero.

–No juegues, así, Eye, plis–. Soqui pensó que estaba burlándome.

–No soy yo, es el tablero.

–¡Ay, guarerver!

El puntero flotó a milésimas encima del tablero. Ella con la boca abierta y yo con los ojos llorosos. El puntero se desplazó a la derecha. Letra "L". A la izquierda. El puntero se deslizó a la letra "A". Luego a la "H" y de vuelta a la "A".

L A H A

–¡¿Que diablo eh eso?!

–Cógelo con calma, Soqui.

A la derecha una vez más, a la letra "M". A la izquierda, a la letra "A". La "C" y después la "A". Al principio Soqui no me creyó porque iba de izquierda a derecha y derecha a izquierda, pero cuando dibujó en su mente la palabra quedó muda.

L A H A M A C A

En un trecho corto en la Carretera #1, *billboards* anunciaban hospederías. Tan solo con fijarse en uno de una mujer mojando el chocho en un jacuzzi, sabías que esos hotelitos no eran como los de San Juan y muchos menos como los de Disney. En un *billboard*, al costado de una jalda, un hombre se reclinaba de una palma y en sus manos sujetaba cocos. Encima el eslogan leía *La Hamaca, pal que quiere Palma o pal que quiere Coco.* Ahí estaba Chino: comiendo cocos o cogiendo palma en los moteles de jabón chiquito. El mensaje de los espíritus dejó a Soqui catatónica.

Cuando Papi regresó, la metió en el asiento trasero y la dejó en casa de la mamá en Villa Blanca. Nunca regresó. Es que hay puertas que no se deben abrir. Ella abrió una y se sumergió al centro de la tierra, donde están todas las respuestas. Quiso probar la manzana y los espíritus le respondieron.

* * *

Papá llegó a las tres de la tarde, temprano, considerando que era viernes, día de estar en la fábrica. Lo quería mucho, lo quiero, pero yo tenía trece años, pelos en los sobacos y comenzaba a apestar. No podía colgarme del cuello y besarle los cachetes. Se bajó del Datsun con dos hombres, uno de su edad y otro más o menos de la mía. Me despeinó la cabeza y entró en silencio con aquella misteriosa compañía.

Dejaron las mochilas y maletas en la sala y Mami los recibió con un asopao en la cocina. Muertos de la curiosidad, Maro y yo nos asomamos a ver los harapos que mi papá albergaba.

–Coño, Don Pedro, no hay quien nos quiera después de ese revolú en la selva. Si no fuera por usté nos quedábamos en la calle –dijo el viejo y se limpió la nariz.

–Don Pedro, como Albizu –dijo el hijo y levantó el rostro sucio para mirar a Papi.

–Chacho, ni digas ese nombre en voz alta –susurró Papi.

Nadie hablaba de la selva, de las fichas o de las carpetas. El día en que el gobernador le dijo a los puertorriqueños por tele que estábamos vigilados, muchos de los amigos de Papi huyeron. Unos, a Estados Unidos, otros, al monte.

Los huéspedes apreciaban el asopao de Mami, pero no tenían apetito. Luego de culpar a la policía, a los muertos y a par de gobernadores, ambos rogaron que los dejáramos dormir. El viejo acabó en el estudio de Papi, en el segundo nivel, y el chamaco en mi cuarto. Mami le dio una toalla y una muda de ropa de Papi porque la mía no le serviría.

–Gracias, Doña Estrella.

–Estrella pelao, nada de doña.

–Okei, Estrella –dijo el joven agradecido y cabizbajo.

Le decían Fede, nombre de pocas sílabas. Joven de pocas palabras. Tal vez callaba por la conversación que había tenido horas antes sobre carpetas, pipiolos o El Cerro Maravilla. Quizás porque, a diferencia de cualquier títere como Chino, las tenis Nike, las tetas y los carros deportivos no le hacían gracia. No había conocido a un joven así. Quería saber de qué estaba hecho.

Puse mi oído en la puerta y, al otro lado, escuché la ducha de la bañera. La camisa, los pantalones y la hebilla del cinturón cayeron al suelo. Dicen que la culpa es amarga y allí, al otro lado de la puerta, tragué onzas de saliva agria. Desde la oscuridad, dibujé el cuerpo de Fede en mis pensamientos. Atleta, flaquito. Los flaquitos entrarán al reino de los cielos.

Giró la perilla y apagó la ducha. Caminó en toalla hasta mi cuarto y trancó la puerta. Entré al baño y aspiré las células que había dejado en la niebla mientras me cepillaba los dientes. Cepillé, cepillé y cepillé, pero el sabor amargo permaneció en mi boca.

* * *

Rayito, mi chihuahua marrón con ojos de *Precious Moments*, con un halo que flotaba sobre su cabecita, murió. Ocurrió un fin de semana. Bajamos en el Datsun para que Papi examinara al Abuelo Trelles, que se había macheteado sin querer en la finca y, cuando regresamos, extrañé el ladrido alegre que usualmente nos recibía. Papi, Mami y Maro ni se inmutaron. Yo sí. Ese ladrido era el único sonido benigno en aquella selva hostil. Crucé el césped y di la vuelta a la casa. Tomé valor y hundí los tenis en la grama húmeda de la noche. El cuerpo de Rayito era una estatua. Sus patas, tiesas. Su torso, firme. Si no hubiera sido por el tajo y la sangre del abdomen, habría jurado que protegía la casa de los demonios.

Regresé, subí las escaleras y marché al cuarto de mis padres. Mami se colocaba una bata rosa sobre su piel porcelana y Papi rebuscaba algún canal noticioso en la tele.

–El perro está muerto –no pude decir el nombre de quien no residía en este mundo.

–¿Cómo es posible si yo lo escuché ladrar cuando estacionamos?

–Pues estabas delirando –respondí.

–Mira no tengo tiempo pa esta… –Mami comenzó a regañarme, pero Papi se puso en pie.

–Yo voy y chequeo, Estrella.

No sabía mucho de la vida. Sí sabía que perder tu otro yo, el alegre, el que lame, el que ladra y protege, no podría sufrirse sin caer irreversiblemente en un abismo de oscuridad. Así que decidí no llorar. Desde mi cuarto escuché a Papi cavar la tierra, depositar el cuerpo y jadear de cansancio. En el cuarto del lado, Mami les dio la noticia a los nenes. Pedrito lloró cuando vio a Maro hacerse trizas. Aguanté, aguanté, aguanté y logré no echar ni una lágrima. No podía permitirme esa debilidad, no en aquella casa maldita.

Ya aseado y con los espejuelos en la nariz, Papi nos pidió que nos hiciéramos un círculo en la cama.

–Tómense de las manos –dijo, y obedecimos, listos para invocar el espíritu del perro.

–Maro se saca los mocos –protesté.

–Pues cógele la muñeca y no jodas más –dijo Mami.

–Shhh –Papi nos regañó a los cuatro y con ojos cerrados miró al cielo–. Dios, trajiste a esta criatura a nuestras vidas. Gracias. Tuvimos la bendición de verlo crecer y verlo regresar a ti. Gracias. Nos despedía todas las mañanas antes de salir y nos recibía con el mismo entusiasmo. No vivía en la casa porque Estrella decía que apestaba. Pero Rayito no se quejó. Allí, en su casita de madera y metal, velaba por nuestro bien y protegiéndonos dio su corta vida. Gracias.

Maro sollozaba con cada verso de mi padre. Las lágrimas llovían por sus ojos rojos. Pedrito lloró y Mamá hundió la calva de mi padre en su busto. Le decíamos adiós al perro y hola a Dios. Dios, ese todopoderoso incapaz de proteger a la mascota, ahora velaba por nuestra tristeza. Hasta esa fecha y pese a la rebeldía, las carpetitas y todas las quejas del gobierno, estos dos pendejos llamados Papi y Mami nunca habían convidado a Dios a nuestro hogar. Ahora era el invitado principal. Rey de reyes. Señor de señores. Un invitado de esos que no saben despedirse.

* * *

Durante los próximos días de luto intenté hacer las paces con la casa, aunque la casa se tragara a la familia. Primero a Soqui, después a Rayito. El primer nivel era el más benévolo. Era amplio, sin paredes que obstruyeran mis pisadas. La luz que entraba por las enormes ventanas arropaba las mañanas frías con calor. No podía decir lo mismo del tercer nivel. Tal vez era por su cercanía a la noche o porque me perdía en aquel pasillo eterno como en el filme *The Laberinth*. El segundo nivel estaba fuera de nuestro alcance. Mi padre era su monarca.

Papá regresó a hacer guardias y, una noche luego de acabar su jornada en la sala de emergencias, durmió en el hospital. Con los ojos fijos en la estática gris del televisor, presentí que Soqui se había suicidado y que su espíritu vagaba entre las paredes de hormigón. Me arrepentí de haberme burlado de ella, de haberla tildado de gorda y prieta. La voz de Soqui comenzó a ascender por mi ventana. Podía escucharla. Caminé el pasillo y toqué la puerta de Mami, aunque odiaba que la despertaran por niñerías. Dos, tres toques en la puerta. Nada. Giré la perilla y entré. Nadie.

Me resigné, persigné y bajé las escaleras flotantes de madera que chillaban cada vez que ponía todo mi peso encima. El primer nivel estaba completamente oscuro, salvo la luz del poste que apenas alumbraba el patio. Por las puertas de cristal vi una luciérnaga. Al agacharme y mirar por la hoja de la ventana, escuché que algo se arrastraba bajo aquella luz. ¡Soqui! Soqui se arrastraba pero en el cuerpo de mi madre. Mami que andaba y hablaba sola como las locas. La pobre. La casa la había desquiciado como me estaba desquiciando a mí. Me asomé por la puerta de cristal y mis ojos se acostumbraron a la oscuridad. La luna menguante iluminó su rostro. Hablaba por un teléfono inalámbrico. En la otra mano pinchaba un cigarrillo. El cigarrillo que era la luciérnaga. "Pedro, Maro, Eyerí y Pedrito. Pedro, Maro, Eyerí y Pedrito. ¡PEDRO, MARO, EYERÍ Y PEDRITO! Uno, dos, tres, cuatro, uno, dos, tres, cuatro. Los cuatro. ¡LOS CUATRO!".

Gritaba y enumeraba nuestros nombres. ¿Con quién? No sé, pero éramos nosotros quienes le hacíamos llorar y fumar. El espíritu de Socorro vivía en la casa, sus palabras se habían quedado en las paredes y su eco se colaba con el grito de mi madre. Ahora Mami la recordaría todos los días y todas las noches con la boca llena de humo.

Capítulo 3

El domingo en que Mami nos sacó de la cama por los talones y nos embutió en ropa de funeral y *penny loafers* de JCPenney, me saltó el corazón al pensar que íbamos al área metro. Peleábamos con el sofocón del Datsun que no escupía ni una chispa de aire y cuya radio en lugar de casetes tocaba *eight tracks*. Pedrito y Maro se desnudaron de la cintura hacia arriba y durmieron uno encima del otro, carne con carne. Yo me quité los pantalones y le di un descanso a las pelotas de aquel infierno de poliéster. Mami estaba en el espejo del pasajero poniéndose linda, empolvándose los pómulos y untándose más *lipstick* que la puerca de Juan Bobo. Papi se escondía detrás de las gafas y el bigote de dos pulgadas. Por las bocinas de la radio varios hombres discutían. "Pa arriba la FUPI, pa abajo el Hernández Colón, el FBI que coja pa su casa y que el congreso se encargue de Romero Barceló". De una discusión a otra, la reyerta se hizo canción. Un reportero chasqueaba los dedos y el otro le aplaudía la clave.

–¡Súbelo, Estrella, súbelo! –dijo Papi cantando y Mami giró el volumen hasta llenar el carro de salsa.

Reportero 1: *Dímelo Chuito.*

Reportero 2: *¿Qué que?*

R1: *Ya sabemos quién cortó a Helena. Lo tenían mangao por la calle, se le metieron hasta en los calzoncillos*

R2: *¿Nooooooooo?*

R1: *¡Síííííí!*

R2: *¿Nooooooooo?*

R1: *¡Síííííí!*

R1 y R2: *Si tú estás carpeteao, si te tienen velao, no salgas pa la guancha y camina de lao.*

R1: *Si tú eres es de los de Albizu o de los de Bracetti. Si te vas por la calle solo, no vas a regresar. Ay, Chuíto.*

R1 y R2: *Gauchéame, baby.*

–Apágalo, Estrella que ya llegamos.

El templo al que mis padres nos llevaron esa mañana no era el de Plaza Las Américas, donde los diosecitos detrás de los escaparates nos ruegan que los llevemos a casa. No. Era un templo de verdad, no de becerros de oro. Alto como un teatro y con aire acondicionado, así era el Templo A.T.L.A.S. Un candelabro se derretía en la cúpula de madera y la música de fondo me transportaba a los elevadores de Woolworth. Nos recibió una pareja de viejitos con sonrisas que podían emitir tanto carcajadas como llantos. Él era un diácono, un ejército de hombres con guayaberas impecables.

–Siéntense aquí.

Y nos sentamos en un banco acojinado y friííííto que aliviaba nuestras carnes. La gente llegó y se acomodó en los bancos del primer, segundo y tercer nivel, donde los más privilegiados observaban como reyes desde un mezzanine. Trajes, pamelas y carteras. Los hombres vestían de La Esquina Famosa y las mujeres de Kress.

Besos de *lipstick* de sangre, aire perfumado. Los cientos de cristianos marchaban al compás de un piano hipnótico que tocaba un hombre en traje blanco con cabello y bigote igual de blancos. En el altar, una cruz sin Cristo brillaba con bombillas halógenas y sobre la cruz, un letrero de neón parpadeaba *Jesus Saves*, no de saber, sino de "salvar" en gringo. Una mujer con ademanes de gobernador y palabras esdrújulas entró al altar y habló debajo la cruz y del letrero de neón.

–¡Bárbara, Bárbara, Bárbara! –coreaban los cristianos.

–No, mis hijos. ¡A Dios es la gloria, a Dios! – y cuando dijo "Gloria", alzó las manos al cielo y el letrero de neón iluminó el templo entero y derritió mis retinas. Mis oídos se tupieron con el estruendo de aplausos y pisoteos. "¡Bárbara, Bárbara, Bárbara!" ahora se mezclaba con "*Jesus Saves, Jesus Saves!*, ¡Cristo es Rey!".

–¡¿ESTÁN LISTOS PARA UNA MAÑANA EN VICTORIA?!

–¡SÍ!

–¡¿ESTÁN LISTOS PARA GOZAR?!

–*YES!*

–PAREN DE SUFRIR.

–¡AMÉN!

–¡ESO ES! ¡ALELUYA!

El piano arrancó con un son salsero, que al escucharlo bien era la misma la melodía de *comochiquibadibabydodaconga.* La banda de percusión, vientos y cuerdas se unió al piano que embriagaba a los cristianos, quienes alzaban las manos, lloraban, se postraban y, algunos, hasta convulsionaban.

–*C'mon, c'mon, let the Holy Spirit do the mambo in your soul!* –dijo la pastora en un inglés impecable. –*Jesuuuuuus saves!* –y se prendía el letrero en neón, –¡Jesúúúúúúúús salva! –y se encendía la cruz.

Tres damas a nuestro lado giraron y sus cabelleras largas se hicieron hélices de helicóptero. Una cayó postrada en el suelo mostrándome las *panties* fucsia con florecitas verdes como si llevara la Navidad en la lola. Enseguida, uno del ejército de guayaberas corrió a taparle la celulitis.

Agarré las manos de Mami y con los ojos le dije "¿Dónde centellas nos has metido?", y ella con los suyos me respondió "Esto es culpa de tu pai". Pedrito comenzó a hacer cucharita hasta estallar en llanto por el caos que allí se desprendía.

La música se fue disipando y los diáconos arrastraron a los desmayados fuera del altar. Las mujeres se arreglaban los brasieres y los hombres se acomodaban los güevos que les habían saltado en los calzoncillos. Un silencio cundió en el templo al entrar otro hombre por las escaleras del púlpito. Elevó las manos al cielo y levantó otra ola de aplausos y "aleluyas" que parecía desencajar las vigas de cemento del estruendo. El Pastor "El Enviado" Spencer que agitó esa mañana al rebaño era el mismo que sonreía en un *billboard* de camino al Viejo San Juan al lado de otro de American Airlines. Ambos compartían el eslogan *CON NOSOTROS VUELAS MÁS BARATO.*

–Ya, ya hermanos, somos hermanos, estense quietos –dijo, y al bajar sus brazos aplacó también el volumen de los creyentes. Hablaba con la melodía que tienen los abuelos en la garganta aunque no tuviese arrugas y exhibiera una impecable melena rubia. Los ojos eran los rectángulos de sus espejuelos.

–*Take your seats. You know what?* Jesús es cocolo, Jesús es roquero, es *newwaver*, *electroboogie* y bugalú. Lo que no es, es pordiosero y no hace porquerías y tú eres hijo de Dios y por eso no eres porquería–. El pastor enseñaba desde los incisivos hasta los molares y los cristianos le respondían con una lluvia de "Amenes" y "Gloria a Dios".

–*Do you understand me? Praise the Lord, Salamaya,* Dios no te hizo pa sufrir. *¡SALAMAYA!* –esta última palabra vacilaba entre el español y el inglés, y no la decía: Dios se la había puesto en la boca.

–Viste, Dios te lo quiere dar todo pero, ¿qué tú le vas a dar a Dios? ¿Tu carro, tu casa? Él quiere todo, tu corazón. Las llaves de tu cuerpo. Dáselo hoy, dáselo hoy. Pero mira, *hurry up*. *You snooze, you lose. You want your chiquichiquiboomboom*? ...pues entrégale tu corazón a Cristo. Miren qué bien les va a los hermanos de Orlando. Que Raegan y Dios los protejan. Allí entran por el portón de los cielos y el Arcángel Miguelito les da las llaves al Reino de los Cielos y el *Magic Kingdom.*

El Enviado Spencer nos invitó a abrir nuestras Biblias. Mientras el resto de la congregación rebuscaba entre sus tereques para sacar la palabra de Dios, nos percatamos de que habíamos llegado al templo sin el instrumento más importante de la mañana. Mami y Papi intercambiaron miradas acusatorias y un diácono nos dio una Biblia a cada uno con la condición de devolverla. Jamás podría robarme esa literatura. Si algo aprendí de mi madre, la maestra, fue a respetar la herencia de las letras y, por las marcas y comentarios que ocupaban cada centímetro de aquella Biblia, era obvio que su dueño le tenía mucho afecto.

Evangelio según San Lucas, Capítulo 15, versículo 22:

> Traed a prisa el mejor vestido y vestidle,
> ponedle un anillo en su mano y unas sandalias en los pies.
> Traed el novillo cebado, matadlo y comamos y celebremos una fiesta,
> porque este hijo mío estaba muerto y ha vuelto a la vida.

Estaba familiarizado con la parábola del hijo pródigo. Se utilizaba para recordarle a los impíos que el infinito corazón de Jesús perdona las transgresiones independientemente de su gravedad y, a diferencia de la Parroquia donde Papi cantaba de vez en cuando, allí en el Templo A.T.L.A.S. no había que hacer penitencia, repetir "Ave Marías" o confesar. Pero ahí no acababa el mambo, a quien se arrepintiera le esperaría tremendo *party* cortesía de *The Lord Jesus Christ.*

A mi lado, Maro y Pedrito se habían enredado en un abrazo somnífero compartiendo hilos de baba. Mami cerraba los párpados y sus labios húmedos perdían potencia labial. Papi ocultaba sus ojos detrás de las gafas, pero parecía atento a la oferta del Pastor rey de los *billboards* de San Juan.

–Yo solo te voy a decir una cosa. *This is your chance.* Este es tu chance. Dios viene en un *Knight Ryder* a buscar a sus hijos y el que no se arrepienta se queda en el lago de azufre. *The King of kings* te quiere llevar a su *Magic Kingdom.* Tú no naciste pa Kakucómico, tú naciste pa *A-Team.* Olvídate de *Mr. T.*, es *J.C.* quien te sacará de la pobreza, *baby. The Big J.C.* ¡Para de sufrir! Jesús es amor. *Jesus is love, Jesus is liquid paper.* Borrón y cuenta nueva –dijo el pastor y la congregación, desde el mezzanine hasta el primer nivel, se puso en pie adorando, gimiendo, alzando los brazos al techo. El piano otra vez salpicaba una canción de cuna. Las voces del coro subían como niebla del púlpito a los oídos de Dios.

–¡¿QUIÉN QUIERE ENTREGARLE SU ALMA A DIOS?! *I SAID, WHOOOO WANZZZZ TO GIVE HIS SOULLLL TO JEEEEEZZOOOOOZZ?!*

–*I DO!* –dijo una voz varonil.

–*WHO SAID THAT?*

–*I DID!*

Desde que el pastor prometió que quien regresara a Dios sería recibido con un *party* supe que esta historia terminaría con mi padre entregándosele. Lo que jamás imaginé fue que aceptaría el reto de la conversión haciendo el papelón que hizo. Cantó el *"I DID!"* con una voz operática, seguida por los ángeles del coro hasta que todos cantaban y mi padre era la voz principal de ese musical.

Papi se quitó las gafas, se cuadró a lo cocolo y se agarró con una mano el güevo. Luego tomó a Mami por la cintura y ambos caminaron al altar, arrancando un estruendo de aplausos de los creyentes. Les daban palmadas en los hombros, otros lloraban al ver a la pareja de tez blanca entregarle sus vidas campesinas y cagüeñas a Jehová.

Otros, siguiendo el ejemplo de mi padre, corrieron desde sus bancos y poblaron el altar. La música les movía las piernas, una detrás de la otra. Los cantantes del púlpito decían sus *uuhhh* y *aahhh* haciéndole cosquillas a las espaldas a la *Suicide Blonde. No temptation, baby. Only Jesus.* Con un movimiento de su poderosa mano, el Pastor bendijo a la tribu de conversos y todos cayeron, poco a poco, en el suelo. Cayó el uno, cayó el dos, cayó el tres. Y dos y dos son cuatro, y cuatro y dos son seis. Seis y dos son ocho, y ocho dieciséis. Y ocho, veinticuatro, y ocho, treinta y dos. Ánima bendita me arrodillo yo.

–I declare you –el pastor levantó el índice–, *I declare you… I DECLARE YOUUUUUUUU... A WINNER!*

La cruz sin Cristo se encendió y el letrero de neón estalló. En el silencio escuché la cancioncita esa que tocaba el juego de *Frogger* cada vez que el sapito cruzaba la calle sin que lo apachurrara un carro en el Atari. Papi y Mami habían muerto en el suelo. Por lo menos mi madre no mostraba las *panties.*

Capítulo 4

Descendimos por la carretera #172 con las ventanas cerradas para evitar que entrara la fragancia que las vacas dejaban en el aire. Íbamos de camino a Caguas. Viernes. No alquilaríamos videocasetes en TeleVideo ni cenaríamos en el Pizza Hut frente a Plaza del Carmen. No. Nos esperaba una cita con Dios. Otra, ahora en una tarde reservada para el ocio.

En una urbanización que desconocía nos detuvimos frente a un guardia con lentes oscuros y una placa en el pecho que leía *SECURITY EXPERT*. Detrás de la caseta del guardia, un portón eléctrico nos prohibía la entrada. Palmas reales, esculturas abstractas. Una versión cagüeña del Hotel El Palace.

–¿Residente o visitante? –preguntó el guardia con apenas lana en la barbilla.

–Visitante –mascultó Papi, quien no soportaba a los guardias.

–Licencia y dirección a la que se dirige, caballero –preguntó el soldadito.

–Calle Altos del Retiro, número 15 –Papi le pasó su licencia de conducir.

–¿Nombre suyo?

–Está en la licencia, CA-BA-LLE-RO.

El guardia balbuceó palabras mecánicas al estilo militar y nos dejó pasar mientras examinaba las pecas de óxido del Datsun.

Mansions of the Miracle era una urbanización de mansiones iluminadas, céspedes inmaculados, chamaquitos en BMXs y hombres en BMWs. Unas columnas griegas adornaban el pórtico de la casa que visitábamos y una pequeñas lamparas alumbraban el jardín espeso y lúgubre. Fuera del auto, Papi le estrechó la mano a un hombre redondo en guayabera de barba incompleta.

–Doctor –dijo el anfitrión a Papi y nos sonrió.

–Licenciado.

–Doctor.

–Licenciado.

–Doctor.

–Licenciado.

Mami, los nenes y yo mirábamos de un lado a otro como espectadores de un partido de tenis.

Si nuestro hogar era un palacio de hormigón, el hogar del licenciado era uno de mármol. El Licenciado Beauchamp, hijo de Dios y representante de las multinacionales, eran tan fanático del mármol que diseñó la mansión a imagen y semejanza del Capitolio de Puerto Rico. Caminamos por un pasillo angosto hasta llegar a una sala repleta de miembros del Templo A.T.L.A.S. Con visitar tan solo un día aquel templo de gritos y estruendos, logramos acceso al club exclusivo de los evangélicos. Los hombres, en bermudas y guayaberas. Las mujeres, en mamelucos, carteras y lápiz labial. No era un encuentro cristiano tanto como un comercial de

Sears. Mis papás se perdieron entre los creyentes y a los menores de edad nos invitaron al patio, un jardín de palmas y amapolas iluminado por focos azules. Sobre el césped, un puñado de niños de varias edades se balanceaba en un columpio. Unos metros detrás, una piscina alumbrada daba fe de la abundancia que Cristo le otorgó al Licenciado Beauchamp. En el jardín, pavos reales hurgaban por alimento y de vez en vez desplazaban su plumaje esmeraldino.

Maro, Pedrito y yo esperamos nuestro turno para usar los columpios, pero ninguno de aquellos engreídos cedía. Un joven delgado en camisilla anaranjada y cortos negros se paró frente al columpio y los pendejitos pararon de mecerse.

–Parece mentira –dijo. Solo vi su silueta y el azul de la piscina que rebotaba en su piel trigueña–. Avergonzaos, dijo Jesús. Si hay un pobre entre vosotros, no seáis inhumano ni le niegues ayuda. Deuteronomio, capítulo 15, versículo 7. Le cederéis el columpio a los visitantes.

Dos niñas brincaron de sus sillas y Pedro y Maro se sentaron a mecerse. Obedecían a Lizardi, el heredero de aquel palacio, "el hijo del abogado", como le decían en la iglesia. Músculos, pecho y pelos en el pecho, su cuerpo había llegado a la pubertad antes que él. Se acomodó a mi lado. Su piel emanaba Drakkar Noir y mis coyunturas se desprendieron tras cada respiro.

–¿De *babysitter*? –dijo y miró a mis hermanos.

–24/7. Son unos petardos.

–Yo no tengo hermanos, pero los viernes soy pai de

todos estos anormales. Los padres se meten al culto y yo me quedo aquí por si se ahogan en la piscina.

Atrás, en la mansión aquella, los cristianos alababan al cielo a capela y aullaban "Gloria en las alturas" y "*Jesus, the lord is king*". Por las ventanas veía las sombras de sus brazos expandirse y contraerse al igual que los adoradores en el templo.

–¿Eso pasa cada vez que cantan? –le pregunté a Lizardi.

–No te asustes. Cuando baja el Espíritu Santo, se forma un despelote.

–¿Adónde baja el Espíritu Santo?

–A la tierra, aquí a la casa, al cuerpo. El espíritu baja del cielo y pone a la gente a gozar. Eso es así. Y aquí en las células es peor.

–¿Qué es una célula?

–Pues esto, ellos allá atrás adorando, alabando y orando. Todos los viernes.

–¿Por qué acá y no en el templo?

–El templo queda lejos, en Guaynabo. La célula es como un mini culto, pero en mi casa.

–¿Pero, y cuantas células hay?

–No sé, pero imagino que, si hay 78 municipios, por lo menos 78.

–Esto es algo nuevo para mí. O sea, el domingo fuimos a la iglesia y hoy estamos aquí. Y mis papás están allá adentro en tu casa haciendo yo no sé qué coño con el Espíritu Santo.

–Nene, *relax*. Tus papás se convirtieron, eso es todo.

–¿En qué?

–En creyentes. Reconocieron a Jesús como su único y verdadero salvador.

–Pues a mí nadie me dijo nada.

–¿Tú te has convertido?

–Por ahora no.

–Bueno, eso es entre Papa Dios y tú. Él pondrá el deseo en tu corazón y, cuando estés *ready*, te entregarás a Él. Le darás tu corazón, tu cuerpo, tus posesiones, tus miedos y tus deseos, y Él, en cambio, te dará todo lo que te falte –al decir esto apuntó a todas las riquezas de su casa. Lizardi colocó su brazo sobre mi espalda y humedeció mi hombro con su axila. Olía a tierra y ajonjolí.

–Ok, shhhhhh –susurró. El aullido de los creyentes subió de volumen y las luces azules de la grama parpadearon. Los columpios dejaron de mecerse y el ruido de un cristal estallando en trizas llegó hasta el patio.

–Ay, ¿qué pasa? –dije con voz entrecortada.

–Vente, sígueme y no hagas ruido.

Lizardi entró a la mansión por la puerta de los sirvientes. Subimos por escaleras espirales hasta un segundo nivel y allí vimos el exorcismo de una dama a través de unas rejas doradas. Los creyentes lanzaban "¡Gloria a Dios!" y "¡En el nombre de Cristo!" hacia aquella mujer postrada sobre pedazos de cristal en el suelo. La cabellera sobre su rostro atenuaba los gritos masculinos que salían de su boca. Busqué la calva de mi padre entre los hombres de la congregación. Solo él podría atender lo que parecía ser un ataque epiléptico. Lorena, la madre de Lizardi, colocó sus manos directamente en el pecho de la mujer, como si el espíritu que querían extraerle viviera en las tetas.

–¡NO TE PERTECENE! *SHE DOES NOT. BELONG. TO. YOU!* –ordenó Lorena y, al gritar, sus collares y aretes cayeron al piso. El espíritu en la mujer ahora le estiraba la cabeza hacia atrás para degollarla. Sus pupilas se perdían dentro de los ojos.

La endemoniada tomó una bocanada de aire y la multitud se ahuyentó. Al ella exhalar, los cristianos embistieron otra vez con puños y gritos de guerra. "¡SAL DEL CUERPO, *LEAVE HER BODY, THAT'S GOD'S BODY, THE PERFECT BODY!"*, le ordenaban al espíritu. No hallaba a Papi. Él hubiese podido acabar con aquel espectáculo sacando el estetoscopio o examinándole los vitales. La mujer, cubierta en su propia maranta y saliva, se escurrió de las manos de Lorena y al colocarse en pie recitó un lenguaje extraño. Los creyentes aumentaron las reprensiones y plantaron sus manos en el vientre y los muslos de la mujer. Esta comenzó a levantarse del suelo en cámara lenta, como marioneta. Los cristianos renovaron los gritos al ver a la mujer levitar tres pies sobre las losas. Pensé "por ahí viene la policía". Al otro lado de sala, el Licenciado Beauchamp y su barriga custodiaban la puerta.

Entonces, cayó. Mariposeó en el charco de vidrio hasta que Papi fue a socorrerla. La cargó hasta una mecedora y secó el sudor y sangre mientras que Lorena abanicaba su cuerpo. Me sorprendió que no se hubiese cortado el rostro. Más me asustó que, después de aquella escena, los creyentes regresaran a sus conversaciones y entremeses. Como si nada. Hasta la exendemoniada masticaba un sándwich de mezcla mientras se quejaba de un leve dolor en la mandíbula.

Lizardi otra vez se sentó a mi lado con mucha paciencia. Con el sobaco mojado en mi espalda me dijo:

–Si realmente fuera algo serio, tu papá estaba ahí para ayudarla.

–¿No es serio? ¿Esto no es serio?

–El cuerpo a veces es de Dios y otras veces es del Diablo. Si tienes un demonio, se saca y ya, borrón y cuenta nueva. Luego se ponen a comer sándwiches y planificar los viajes a Disney.

–¿Y se les ha metido a niños?

–A todo el mundo: niños, adultos, tortugas, cerdos. Pero, mijo, ¿tú no has leído la Biblia?

–Supongo que ahora que mis papás están de evangélicos, la leeré. Oye, y por si las moscas, ¿a ti te ha pasado, eso de tener eso por dentro, tú sabes... un diablo?

Entonces las palabras de Lizardi se humedecieron y me susurró un secreto. Mis pantalones se apretaron y temí que se percatara de la sensación en mi bragueta. Con guille de rapero me recitó al oído:

Era una noche templada
Los BMW de la congregación se estacionaban.
Entraba, oraba, y se regocijaba la gente
y el mayordomo les traía entremeses.
Después los adultos adoraban a Cristo
como en el pasado ya tú habías visto
música, gritos, aleluya y pandero
el Espíritu Santo bajando el sendero.

Encendiendo a la gente, electrizando a creyentes
gritos, lloros, Gloria a Dios, como siempre.
Una mujer en una esquina convulsaba
no alababa, ni glorificaba.
Las babas, los pelos, el trueno en los dedos
un demonio estremecía ese cuerpo.
Saliendo de ella y entrándome a mí
por presentao mirando desde allí.
Entonces sentí lo que ella sentía,
un demonio que me poseía.
Mis brazos, mis muslos, mi espalda caliente
las manos en mi cuerpo de todos los creyentes.
Salte demonio, salte hijuela
muslo, alita, pechuga y cadera.

Regresé a casa y me tiré en la cama bajo mi afiche de Michael Jackson en el que vestía esmoquin y un tigre caminaba entre sus muslos. Yo miraba el estucado del techo. Aunque fui testigo de la batalla que Dios combate por el alma de nosotros los cagueños, no pensaba en diablos o dioses. Pensaba en la geografía por la que había viajado el demonio de Lizardi: muslo, alita, pechuga y cadera.

* * *

En la mañana, Mami consumía un sermón del Pastor Jimmy Swaggart traducido al español y transmitido por WAPA Televisión, porque mi padre se negaba a aflojar para el Cable TV. Sus párpados sombreados y el cabello agrandado por Aqua Net delataban que esa tarde no haríamos más que escuchar a un televangelista. Me sentó en su falda, aunque estaba viejo, gordo y apestoso.

–¿Recuerdas que tú siempre querías estudiar en el área metro? ¿Verdad? Bueno, pues se te dio, papito. Los vamos a matricular en la academia del templo.

–¿Eso que está al lado del templo es una escuela? –recordé los dos edificios maltrechos adyacentes al Templo A.T.L.A.S.

–Bueno, no es como St. John's o La Milagrosa, pero sí es una academia cristiana y bilingüe. Ahí está el hijo de los Beauchamp y, bueno, los hijos de la congregación A.T.L.A.S.

–Mami, con ese tapón que hay en el expreso para ir a ver el cine –protesté.

–Eyerí, así hablas inglés, te metes en clases AP y entras a la IUPI. ¿Cómo vas a estudiar derecho sin saber inglés? ¿Cómo vas a ser el primer presidente de la República Puertorriqueña?

Mis padres ya eran de Cristo y los soldados de Dios no dejaban a sus hijos en manos del sistema de educación pública. En solo días nos matricularían en la Academia A.T.L.A.S. Mami, que odiaba conducir, arrancó ese sábado empapado de sol y nos llevó en carro público a comprar los nuevos uniformes en el pueblo de Caguas.

La carretera cuesta arriba que nos llevaba a casa era más cruel de bajada. Las curvas causaban náusea y el carro público cargaba un hedor especial a mierda de gallina. El don sin camisa a mi lado me pegaba los chichos en el brazo y la pentecostal con greñas hasta el suelo apestaba a sobaco, pero soporté el sacrificio. Pronto iría en uniforme a una academia en el área metropolitana con nenes de mi edad que hablaban en gringo y cerca, si tenía suerte, de la compañía de Lizardi.

Si pensaba que con descender la cuesta en aquella carcaza cumpliría con mi penitencia, estaba mal informado. La Plaza de Caguas, que había que cruzar para llegar a Almacenes Plaza, era otra piedra en mi camino. Jaulas con loros, cuarenta viejos verdes y tríos musicales contaminaban mis oídos modernos. A cada paso había un pordiosero y Mami caminaba con prisa enterrándonos las uñas en los brazos.

Mami puso a Pedrito en el suelo y se ajustó el brasier frente a la catedral. Un segundo. Viró a la izquierda y el nene había desaparecido. Mami quedó pálida y el torrente de lágrimas derritió el maquillaje que tanto tiempo le tomó untarse.

–¡Ay, ay, ay! ¡Mi hijo! ¡Me lo robaron! –cuando gritó atrajo a uno de los viejos de la plaza.

–Señora, Señora, Señora. ¿Qué es? ¿Qué le han hecho?

–¡Me robaron al nene! Gran poder de Dios. Ave María purísima. Estaba aquí. ¡Me viré por un segundo!

–Señora, yo creo el nene se metió por allí.

Mami cruzó la callé y entró a una tienda con cristales ahumados. En la vitrina, unos ojos y una nariz en neón parpadeaban bajo el título *ESTO NO TIENE NOMBRE.* Nos soltó las manos y hurgó entre las góndolas de álbumes de *heavy metal* y revistas *Fangoria*. Los gerentes, un pelirrojo y una tatuadora, fueron a socorrerla en su búsqueda, mientras ella gritaba "¡PEDRO, APARECE! ¡APARECE!".

Maro y yo nos mantuvimos quietecitos en el escaparate de la caja registradora. En silencio, rogaba que no se robaran al bebé de la casa. Nos volteamos. Vómitos de plástico, mojones de goma y tazas en forma de tetas adornaban el estante superior. En el estante inferior encontré algo que me robó el aire de los pulmones. Un hombre en cuero, velludo de arriba abajo, alardeaba con las dos manos del monstruo que salía de entre sus piernas. Dos mujeres en rodillas sonreían bajo el título *ASK AND YOU SHALL RECEIVE.* Maro me haló la camisa y me viré con las manos en la bragueta para ocultar el bulto en mis bermudas.

–¡Mira, Eye! –Maro me mostró un bolígrafo con la imagen de una mujer cuyo bikini negro desparecía al virar el objeto boca arriba.

Mami se horrorizó al percatarse dónde estaba. Una revista porno por aquí, instrumentos para fumar yerba por allá. No podía creer el antro adonde había llevado a sus hijos. Si Pedrito estaba allí, había sido expuesto a las chabacanerías que le advertían en el Club 700.

–¡EN EL NOMBRE DE DIOS, PEDRO, ¡REGRESA! A LA UNA, A LAS DOS…

Pedrito salió detrás de una cortina con letras en *glitter* que advertían *ENTER AT YOUR OWN RISK.* Un objeto púrpura le temblaba en las manos. Lo agitó de lado a lado como todo un guerrero galáctico antes de apuntar al cielo y decir con toda la fuerza de sus pulmones en la pose de He-Man:

–¡POR EL PODER DE GRAYSKULL!

Próxima parada: Almacenes Plaza. Escandalizada por lo que vimos, pero feliz de rescatar al Junior, Mami nos obligó a entrar entrelazados por los codos para evitar que nos perdiéramos. En un rincón, cascos, botas y ropa militar colgaban bajo una bandera enorme de Estados Unidos. Un maniquí en atuendo marinero nos examinaba con una cabeza sin rostro. Del lado opuesto, maniquíes en batas médicas simulaban una operación a una muñeca de trapo negra tendida en una camilla. Al pasar los estantes de trajes de quinceañeros, Mami rebuscó en una montaña de mahones Wrangler. Una vendedora tímida, rubia de farmacia, ofreció agarrar los pantalones fuera de su alcance con una palanca mecánica. Bajó uno y se lo paso a mi madre, quien colocó la cintura del Wrangler alrededor del cuello de Maro.

–*Perfect*. A ti siempre te queda bien este *size*. Tú eres eslénder –dijo y me observó a mí.

En lugar de emplear su método casero de medir la cintura de los pantalones en el cuello, pidió a la vendedora un favor.

–Búscame los *Husky*.

Husky era el cuco de mi cuerpo: los pantalones *extra-large* para niños que no paraban el pico. Mami buscó una polo azul pálido para combinar nuestros pantalones oscuros mientras yo me probaba el maldito *Husky*. Por las bocinas Tito Rojas cantaba "El reloj de la pastora" en aquella voz hecha para pillar perras y bajar *panties*.

Pelé para abajo hasta quedar en los bikinis rojos que mi madre me compraba. Examiné con cuidado al perro siberiano que erguía su mentón en un adhesivo en el bolsillo trasero del pantalón. *Husky*, perro, con colmillos y molares. No había por qué tener vergüenza. Seré un perro, un perro que pille las perras. Dejé la camisa caer al piso y palpé la redondez de mi abdomen. Suave, movediza, una cama de agua en mi panza. Expandí los brazos. Los flexioné hasta imitar a los modelos de la guía Charles Atlas que me había dado mi abuelo. En las páginas de aquel panfleto, las extremidades atléticas y molleros amenazantes daban fe de la hombría fisiculturista. Gruñí frente al espejo. Mostré los colmillos. "Soy un perro", susurré. Flexioné los brazos y enderecé el mentón. Esperé que mis músculos aparecieran, pero mi carne no respondió. En ese momento, las grasas bailaron bajo la piel causando un tsunami sobre mis chichos. La voz de Tito Rojas calló abruptamente y fue suplantada por otra voz. La canción que salió por las bocinas les sacó suspiros a los clientes al no saber cómo responder al reclamo de Juan Gabriel a su amante. Me saqué las manos de los oídos y me vi otra vez en el espejo sin la máscara de perro y sin la piel de fisiculturista. Uní otra vez la grasa del pecho, la cual, como aquella noche en la casa grande, formó un singular escote en lugar de pectorales. Examiné el escote y le coqueteé a la versión de Juan Gabriel que me burlaba en el espejo y grité:

–*¡DIME CUÁNDO TÚ! DIME CUÁNDO TÚ VAS A VOLVER JA JA!* –liberé los brazos como Juan Gabriel y gocé en mis caderas como Iris Chacón–, *¡DIME CUÁNDO TÚ VAS A VOLVEEEEEEEER!*

–¡¿QUÉ TE DIGA QUÉ?! ¡¿QUÉ TE DIGA QUÉ?!–. Mi madre abrió la cortina rosada. Detrás de ella, la vendedora y detrás de la vendedora, los clientes.

Quedé congelado en aquella pose sexy, sexy sensual, que me marcaría hasta los días que ya no podía ver. Mami nos arrastró y salió corriendo de la tienda. En la guagua de vuelta a casa colocó su brazo en el mío y murmuró sin parar "Todo lo puedo en Cristo que me fortalece", "Todo lo puedo en Cristo que me fortalece". Esa noche quitó todos los espejos del tercer nivel.

Ya en mi cuarto, otra vez cobijado por la sonrisa de Michael Jackson, imaginé cuál sería mi castigo ahora que éramos religiosos. Digo, los religiosos perdonaban. Dios era perdón. Dios era abundancia y después amor, ¿no?

Dejé la puerta abierta unos centímetros anticipando la entrada de Mami para sermonearme por el suceso de la tarde. Se sentó en mi cama y perfumó el aire de Jean Naté. La historia que me contaría delató que antes de cuidar a tres mocosos cuidaba a treinta. Extrañaba el salón de clase. Le hacía falta rodearse de las risas agudas, los mini abecedarios y el olor a plastilina. Se aproximaba al magisterio a través de nosotros: nuestros estudios, las lecturas de verano y, por supuesto, el uniforme perfecto que daba fe del orden con el cual cuidaba su hogar. Michael Jackson y Mami se aventaron miradas sospechosas sintiéndose uno amenazado por el otro.

–Eye, ahora que vas a una academia cara en Guaynabo te vamos a meter en un equipo de baloncesto para conozcas a otros muchachos y salgan a pasear a Plaza y después conozcas a nenas. Ya tú tienes pelos en los sobacos y estás apestando. Eso es que por ahí viene un macho. Cuando el macho viene, el nene se queda atrás y hay que hacer cosas de hombre –dijo, y miró de reojo a Michael.

–Yo te juro que cuando seas el presidente de la República Puertorriqueña, la gente te va a creer y querer. Vas a viajar por el mundo para que la gente te vea. Ese poster de Michael Jackson, no, papito. A la sobrina de Lorena la llevaron a Ciencias Médicas porque en las noches algo le pellizcaba y nadie sabía por qué. Era algo, qué se yo, pero los *hickies*, moretones y rasguños desaparecieron el día que echó el póster a la basura. Ese mismo póster de Michael Jackson que tienes ahí. Dios te cuide, mi ángel. Es sólo para que lo consideres.

Mami 100 - Michael Jackson 0

CAPÍTULO 5

Área metro. Centro de todo. Hormigón esculpido en forma de puño hacia el cielo. Edificaciones construidas al margen de la vorágine campesina. Área metro. Metrópolis. Progreso. Dejar atrás al niño para ser un *dandy* moderno. Metrópolis. Acceso. Un paraíso tecnológico de avenidas anchas, urbanizaciones cerradas y restaurantes chinos abiertos hasta la madrugada.

De Caguas a San Juan, a través del enjambre de carros públicos oxidados. *Río Piedras: Primera parada* –y el conductor se limpia los mocos con la camisilla. En Plaza Las Américas había un chorrito. Se hacía grandote y se hacía chiquito. Templo de tres niveles. Vitrinas licenciosas con ventas en cursivo: *walkman*, estufas, *Pepe Jeans*, *boombox*, Tevas, casetes, discos, tocadiscos, tapate el cuerpo con Kress y *Llena tu Cabeza de Rock.* Woolworth: *icee*, *freeze*, pizza y *hamburguers*. Hasta un *goldfish* en bolsa plástica. Sears, enseres, electrodomésticos, un cortagrama que te llevas en *lay away* o con tarjeta de crédito. Terraza. Cine. CineVista. *Popcorn* y *frozen yogurt.* Freddy, Freddy Krueger, Viernes 13 y Halloween. Una ventana al otro lado del charco.

Vámonos. Vámonos pal Palace. Al Hotel San Juan o al Convento. Catamaranes, lanchas y *morey boogies.* Bikinis, pukas, pulseras y una libra de caderas no es cadera. Rubios, ojos verdes. ADN alterado. Mejorando la raza. En la noche, melaza. Ponce de León con las barras. Sí, adonde iba el primo Eggie por ser *bachelor* y adonde iba el primo Orlando por ser buga. Buga, buga, buga and *I can't stop this burning. And I can't stop this fear*: cocolos con salsa, rockeros a coger salsa. Los *electroboogies* temblando epilépticos en la gravilla. Ese era el *party*, Party Time. Words Four Two y yo bailo así.

Dos chamacos en los baños de la IUPI. La timidez pronto sucumbe al deseo. "*I am not a fag*" dice uno. "Eres hermoso" responde el otro. *Pep rally*, *cheerleaders*, baloncestos, cuerpos de *high school* y duchas compartidas. Como en *Porky's, Revenge of the Nerds*, *Teen Woolf* y *Breakfast Club*. Club, clubes de *high school.* Clases AP. Escuela superior. Mi destino. Mi futuro americano. En el área metro. Centro de todo.

* * *

La cola para entrar a la Academia A.T.L.A.S. era horrenda. Le daba la vuelta a la muralla que protegía a los predios. A un lado de la muralla estaba el templo y la academia. Al otro, el vecindario Camarones escondía en sus pendientes y lodazales a gente que nunca vimos entrar a la iglesia.

El calor, espeluznante. Maro y yo, desesperados, nos derretíamos.

Nuestro turno, por fin. Nos asomamos a la caseta del guardia de seguridad.

–Sí, buenas, vengo a dejar a mis hijos. La

administración me dio este permiso para entrar el primer día –Papi dijo y le pasó un papel verde estrujado.

–Míster, usted me perdona, pero este permiso está expirado. Ahora voy a tener que llamar a la administración para que verifiquen la matrícula, verifiquen su identidad, verifiquen la identidad de los alumnos y después puede pasar a entregar los alumnos en el redondel al lado de la glorieta –el guardia reprobaba con la cabeza y el color rosado mayoketchup del rostro de Papi casi estallaba.

El guardia acercó un *walkie talkie* amarillo a su boca.

–Eh, tenemos un señor cuyos hijos dizque empiezan hoy, pero el permiso que me dio está expirado.

Tras escuchar instrucciones incomprensibles, el tipo nos dejó pasar no sin antes amonestar a mi papá:

–La próxima vez, traiga los documentos correctos y evitamos problemas.

La verdad era que Dios existía. Solo un Dios o un espíritu podía calmar la furia que rugía en las retinas de mi padre. Entramos despacio en el Datsun para que el guardia no jodiera más. Mochila, lonchera, lápices; Papi se aseguró que andábamos con las municiones del día.

–Lleva a tu hermano a su salón hogar primero, ¿oíste?

–No sé dónde es.

–Pregúntale a uno de esos guardias que están por ahí.

Me acerqué a uno de los uniformados y le mostré el pase expedido por la administración. No era un oficial de la policía. Era un alumno con una constelación de granos y espinillas, cuya mirada desconcertada revelaba que no sabía de lo que hablaba.

–Este va al grado quinto –dije. Él miró a Maro y apuntó al primer edificio al costado de los predios.

–*Building A for the kids* –respondió y se fue para atender a otro estudiante.

El Templo y la Academia A.T.L.A.S. eran dos mundos distintos unidos por un pasillo angosto gobernado por un dóberman. El Templo sí parecía la morada de un Dios yanqui. El sol entraba por enormes ventanales iluminando el candelabro, el altar y las cruces. Si el Templo era la casa de Dios, la Academia era el cuarto de los sirvientes. La pintura descascarada caía al pie de los edificios. Varios orificios invadían las puertas y la pátina hacía a los alumnos resbalar en las escaleras.

Dejé a Maro en su salón hogar. Con sus ojos me rogaba que lo salvara del infierno que estaba por comenzar.

–Te busco a las tres, tres y media, ¿ok? –le dije, pero me ignoró. Maro me odiaba. Los hermanos tardan mucho en amarse.

Llegué retrasado a mi aula. Esa era la palabra correcta: "aula". Mira que Mami me lo repetía. La profesora me amonestó y me senté en un único pupitre disponible justo en la primera fila. Y ahí comenzó la letanía: el nene nuevo, trátenlo bien, saludo cristiano, que aquí somos familia.

–*There is no other love like the love in Christ, so be kind and rewind. And only English in class.*

Starting now. No más "ES-PA-NOL". ¿Sí? *Yes? Very goooooooooooooooooooooood.*

Esa era Miss Jordan, sí, como los tenis. Batía pestañas gruesas en un rostro arrugado por un sol de Carolina del Norte o un lugar con más ozono que en Puerto Rico. El cabello, espumoso, con tinte rubio. De sus ojos tanto podía salir compasión como rayos láser.

Una. Dos. Tres clases. Excepto por la de español (o *ES-PA-NOL*, como decía Miss Jordan) todas eran en inglés. No me asustaba el inglés. Eso sí, lo respetaba. Desde chiquito Mami temía que permaneciéramos cagüeños y nos obligó a leer libros en gringo que ordenábamos de un catálogo. ¡Lo mucho que gozaba cuando me llegaban las biografías de Charles Manson o los libros de ataques de tiburones! Pero mi mejor maestro de inglés fue el rock. Toto, Iron Maden, Men at Work. Leía y releía las letras en el dorso de los casetes hasta que se me pegara el inglés.

Hora de Almuerzo. La mayoría de los alumnos almorzaba en la glorieta, un patiecito con bancos de cemento y vistas serenas al estacionamiento. Se hartaban de un surtido de paquetitos de comida gringa: hamburguesas, pizza, *hot dogs* y burritos. Los menos pudientes comimos en la cafetería el *corn beef* y espagueti al son de música cristiana hecha para adelantar la digestión.

En mi mesa, dos alumnos de mi clase no demoraron en presentarse. Nuestras bandejas estaban intactas y uno, un flaco chinito, abrió un puño y dejó caer una lluvia de *Sugar Daddies, Necco Waffers* y Pica pica.

–Guarda, guarda, guarda, que si te ven, vas pa *detention* –dijo una trigueña con trenzas, curvas y tetas juveniles.

–¿En el primer día? *I doubt it* –contestó el chinito.

–Que se joda, dame una –dijo la alumna. Al acercarse vi el machete que llevaba en un collar entre sus pechos. Me ofreció una paleta *Sugar Daddy*.

–Chupa, nene, chupa –se rió y toda su carne se rió con ella.

–¿Cómo te llamas?

–Eyerí.

–Eyerí, yo soy Taína y este es Wu.

–¿Perdón?

–Yo, soy Taína y este pendejito aquí es Wu, que es un nombre chino. ¿Ya? ¿Entendiste?

La única familia china que conocía era la de un restaurante en la Calle De Diego. Dirigían en silencio El Palacio Chino, un restaurante que arruinó a los competidores al ofrecer arroz, pollo, *egg roll* y papas fritas por 99 centavos. Eran tan miserables detrás de aquella vitrina pegajosa que pensé que los chinos no tenían sentido del humor. Wu, por el contrario, era un títere. Decía palabras soeces y sabía una ristra de bellaqueras.

De pronto la cafetería se oscureció y todos callamos. Los alumnos, maestros y asistentes irguieron las espaldas y se viraron hacía la pared trasera. Reconocí a la mujer que ajustaba el micrófono en un mini altar iluminado.

–*What a blessing. This is just... Hallelujah. Praise the all mighty King* –Todos contestaron a coro:

–*THANK YOU FOR THE BOUNTY, THANK YOU FOR THE BEEF, WE DRINK YOUR MILK AND REJOICE IN YOUR GREENS.*

Bárbara, la que había amenizado el culto del Templo A.T.L.A.S., ahora entretenía a los alumnos en la cafetería. Vestía un traje azul y una gran estola protegía su cuerpo del frío. Anunció un sorteo con voz de compasión y autoridad. Los tres afortunados ganarían vales de comida chatarra y así comerían con los adinerados de la academia. Tres vueltas a la tómbola y anunció a los ganadores. Los alumnos abrazaron a la reina azul y pavonearon los tickets como si fueran a la fábrica de Willy Wonka.

–Yo traigo mi comida –dijo Taína.

–Tu lonchera huele a huevo –Wu respondió.

–Vete al carajo, Chino pendejo.

–Pendejo este –Wu respondió y aguantó el bulto entre las piernas. Luego se viró hacia mí.

–¿Quieres güevo? –me preguntó.

–No jodas con el nene nuevo.

Por ser el primer día, nos despacharon más temprano. Condujeron a todos los alumnos en fila hasta el templo para celebrar el culto de inauguración. Los dos niveles, el mezzanine y el palco se colmaron de uniformes almidonados y sonrisas temerosas. Las maestras en atuendos color café nos vigilaban como si compartieran un solo ojo. La cruz de neón tomó vida, pero el letrero de *Jesus Saves* dormía. El domador de esa tarde no sería El Enviado Spencer, pero el hombre en jeans y

T-shirt que tomó el púlpito había heredado las mismas palabras del pastor.

–¿Saben lo que es un nuevo año? *You don't see it. I'm gonna teellll yooouuuuu* –dijo y apuntó con el índice a los alumnos en el templo–. *New Year. New You. You have a chance at academic redemption*. Empezar otra vez. *Maybe, last year*, no fue el mejor. Pero este, este es tu AÑO. ¡TU AÑO!

Mr. C. repudiaba que lo llamaran "principal", un sustantivo que lo ponía por encima de todos. Él era de todos, uno entre los nuestros, decía, pero por más que vistiera tenis y dijera "acho, *men*", los alumnos veían en el director de la escuela a un impostor con puka y camisa Hang Ten.

Sonó el timbre, que era el mismo timbre que gritaba en mi escuela anterior, y me despedí de Taína y Wu. Busqué a Maro y caminamos hacia el chico delgado que reconocí en la distancia.

–¡LIZARDI! –grité. Nada. El tipo aceleró el paso y entró en el Honda Accord del Licenciado Beauchamp. –¡LIZARDI! ¡LIZARDI! ¡LIZARDI! –ahí fue cuando todo el estacionamiento quedó en silencio. Qué bochorno. El Honda ya subía la cuesta y salía por los portones hacia la autopista.

Papi nos recogió en el Datsun de mierda a las cuatro y pico. A esa hora era imposible evitar la congestión en el expreso y condujo a una milla por hora. El calor. El sudor, las bocinas de los autos y Maro, contando el gran día que había tenido en la Academia A.T.L.A.S. El coraje me carcomía. El pendejo de Lizardi se hizo el loco, y yo allí gritando como un idiota, qué vergüenza, coño. Además, esta escuela es para *aliens*, la gente se comunicaba en un inglés impecable como en los anuncios de Cable TV.

–A ti te habrá ido de maravilla también, ¿no? –Papi me miraba por el retrovisor–. Quítate el dichoso *walkman* y habla con tu familia, bendito sea Dios.

Papi odiaba el *walkman*. Si supiera que sin ese aparato no podía sobrevivir la retahíla de musarañas que rondaban mi cabeza. Me arranqué los audífonos y respondí.

–Súper, me encantó.

Me enganché los audífonos y me metí unos *Necco Waffers* en la boca. Los versos de "*Down Under*" y el azúcar disolvieron la rabia. Mañana es otro día, ya verás. ¿Y Lizardi? Pajitas que le caen a la leche. Si no lo veo en la academia, lo veo en la iglesia.

En casa cenamos, por supuesto, tomados de manos, bendiciendo al Cheff Boyardee que Dios nos obsequiaba. La presencia de Dios era una fuerza extraña en la cocina. Acallaba todo: a Papi, a Mami y las preocupaciones de ambos. A la vez, ese silencio era cruel y traicionero.

Aventé en la cama el libro de la clase de religión. En la portada un T-Rex a punto de llorar hacía cucharita bajo el título *The Truth About You and Me*. Ojeé las páginas de tan prosaico libro. Mi mamá, la ex maestra de español, me enseñó a odiar los libros con ilustraciones, pero no lo pude ignorar. En el dibujo del Jardín del Edén, Adán y Eva apenas cubrían sus carnes con hojas de plátano. Eva le pregunta algo con las manos a Adán y Adán extiende sus brazos en señal de desconocimiento. La primera oración: *Where did you come from?* Yo no tenía tantos deseos de conocerme. Ya me había visto y no era el Príncipe de Asturias. Pero sí quería ver a Adán de página en página cubierto en matas y de ombligo peludo. Acabé el libro y me limpié con una media el reguero que había hecho en la barriga. Rogué a Dios que Mami no se percatara de todos los charcos que dejaba mi deseo en aquellas sábanas endurecidas. De seguro sabía. Ella lo sabía todo.

Comenzaba cada día escolar con un optimismo que descendía a depresión. Me levantaba, me ponía el uniforme y me rociaba Drakkoir Noir en los sobacos. En la academia procuraba el paradero de Lizardi. Nada. De noche, me acurrucaba bajo el edredón leyendo uno de la montaña de libros que nos asignaban en las clases. Como era de esperarse, adaptarse fue difícil. No por el idioma. Fue por la gente, los alumnos, los maestros, el edifico patas arriba, los BMW, los Audi, los Mercedes Benz y, sobre todo, esa muralla que se interponía entre nosotros y el mal.

Culminé la semana de mejor humor. A la hora de almuerzo, Wu, Taína y yo compartimos las meriendas para evitar la sustancia pegajosa que acostumbraban servir en nuestras bandejas. A Taína le temblaban las tetas al rebuscar los dulces en su cartera. Wu se mondaba de la risa ante el coqueteo y se tapaba los güevos.

–Quiero cogerlos a todos y meterle una bala en los sesos. Mira. ¡Pum! ¡Pum! ¡Pum! –Wu hizo el gesto de pistola y apuntó con la mano a un puñado de rubias con caras de Debbie Gibson.

–Ay, nene, *please*, ¿con qué? ¿Con esa pistolita? –se burló Taína.

–Ay, ya. El chinito lo tiene chiquito, el chinito no sabe español, el chinito *quiele aloooozzz*.

–Cógelo suave, Papi, que te va a dar taquicardia.

–Lo voy a coger sí, pero no suave.

–Es que eres un chino puerco.

–Oinc oinc.

Taína peinó su melena con los dedos y se virio hacia mí.

–Eye, ¿qué haces el fin de semana allá en el campo?

–Nada. La verdad, yo odio ese campo –respondí.

–¿Tú sabes ordeñar vacas? –preguntó Wu.

–Pendejo.

–Bueno, ¿a quién le coges las tetas, a la vaca o la vecina?

–A tu mai –dije.

Taína interrumpió.

–Pero, ¿tú estás loco, Wu? No jodas con eso. No jodas que yo creo que Eye es pato...

El peso de esa palabra debilitó mi espalda y entumeció mi lengua. Taína bromeaba, pero a mí se formó un nudo que subió desde el estómago hasta la garganta.

–Era broma, Eye, *sorry*. Mira que a mí no me importa. Mis papás son del teatro y eso es normal.

–Mila, mila, ¿tú quiele egg roll o aloz chino –dijo Wu y reímos. La risa consumió la pena de escuchar aquella temible palabra.

En casa, luego de la lasaña, las tareas y la media hora que tenía para ver televisión, me encontré otra vez con la palabra. No era la primera vez que desfilaba por mis oídos: *pato*. Pato, el vecino de Villa Nueva que amaba a la Lucecita. Pato, el primo Eggie por irse a andareguear por Santurce. Pato, el dependiente del mostrador de Sears. El que se cuela en la fila. El que hace corte de pastelillo. El que debe dinero. El que pega cuernos. El contratista, el electricista y el cartero. Patos. Pato, marica, maricón, huelebicho, tragaleche. Hasta la fuerza tónica de las palabras me recordaba un puño al entrar en contacto con la cara.

* * *

El domingo no cabía ni un alma más en el templo. La gente buscaba algo y esperaba encontrarlo en las palabras del pastor de los *billboards* y los anuncios de televisión. Las damas pavoneaban pamelas y los hombres saturaban el aire con colonias tóxicas. Cada fila del primer nivel estaba ocupada con familias que alardeaban de dinero y de decencia.

Bárbara, vestida de dorado y blanco, encendió la cruz y el letrero de *Jesus Saves* a la par con el discurso inicial y todos nos pusimos de pie. La música tan viscosa de la orquesta y las voces tan armonizadas te hacían bailar, aunque no quisieras. La voz de Bárbara ondeaba como una lágrima que recoge el dolor a su paso y lo lleva a las entrañas de algún mar. Cuando decía "*I KNOW, I KNOW YOU'RE IN PAIN!*" lo creía porque yo sufría. ¿Quién no sufre? Cuando cantaba "*UP ABOVE THE*

LORD IS DANCING!", veía a Dios, que al igual que nosotros en el templo, hacía tremendo *party*.

–Yo ya les dije que el dolor aquí no tiene lugar. *PAIN BE GONE!* –gritó Bárbara.

–*NEVER COME BACK*! –repetimos.

–*I'M A SOLDIER!*

–*I'M A SOLDIER!*

–*NEVER COME BACK!*

–*NEVER COME BACK!*

Al pronunciar esta frase, unos 15 creyentes jóvenes y ancianos entraron al púlpito con banderas color púrpura. Con precisión militar se alinearon frente a la congregación y acompañaron a la orquesta, ondeando las banderas de un lado a otro. El trueno que nacía de las banderas me hizo estremecer. "Gloria a Dios", "Aleluya". Unos se desmayaron y otros hablaron en lenguas. En minutos, el templo reventó en gritos, trompetas, alabanzas y lágrimas.

El llanto colectivo de la congregación se tornó en silencio y El Enviado Spencer tomó su trono. El mesías engabanado domó su melena rubia y acercó la boca al micrófono.

–No había ni uno que lo reconociera. Cuando Jesús llegó a Getsemaní, los suyos le dieron le espalda y Pedro, quien había cenado, sufrido, orado, ayunado y hasta dormía pegao de Jesús, lo negó. Así fue que quedó guindando de una cruz. Lloraban, se plegaban, hacían todo el ñeñeñé, pero a la hora de la verdad, *pum*, mudos, *MUTE* –al gritar esta última palabra colocó el índice en la boca. Sus ojos nos acusaban a nosotros por el pecado del discípulo Pedro.

–*This is what happens when you don't speak out.* Tienes que hablar, chico, gritarle a todo el mundo que estás loco por Jesús. Pero tú dices, "Ay, no. Yo no quiero que sepan que soy creyente. Después se burlan o me botan del trabajo". ¿Qué fue lo que dijo Dios? Frío o caliente. El tibio, lo vomitaré de la boca. *Are you hot or cold?* Si eres tibio, guácatela, pal inodoro que vas. *Are you ready to stand up for HIM?* ¿Estás listo? ¿Te atreves? Pues, empecemos hoy. ¿Quién aquí se atreve a decir, "Yo era pecador, pero ahora soy creyente?" *WHO?* ¿Quién se atreve a testificar del lodo de donde salió y la abundancia que Dios le ha dado? *WHO?* ¿QUIÉN?

Al púlpito llegó un varón con *corduroys* y *turtle neck*. Tímido y tembloroso, el hombre agarró el micrófono. Miró a todos. Midió las consecuencias, pero al intentar bajar del púlpito, los ojos del pastor lo reprendieron.

–Yo no voy a callar más. Es verdad lo que usted dice, Pastor –su rostro se estrujó y fluyeron lágrimas. Recostó su frente en el hombro del pastor y regresó al micrófono–. Ay, hermanos, Dios me salvó de una vida horrible. Si no fuera por Él, estaría enfermo, muerto o peor. Las cosas que yo hacía. Ay, bendecido sea el Padre, eran tan horribles. Le hice daño a tanta gente y tanta gente metió cosas en mí. Pero, Gloria a Dios, todo lo que me metieron, El Padre Celestial me lo sacó: la rabia, la coca, el caballo, el deseo, to eso. Un domingo de madrugada como hoy, yo estaba en un antro de perdición. Dios solo sabe cuántas veces me levanté y ni sabía dónde estaba. Eran las drogas, las malditas drogas. En una mismísima mañana como hoy me levantaba y no sabía dónde estaba. No podía ver. No tenía ojos. Pura oscuridad. Intentaba moverme, pero no me dejaban, los cuerpos me ataban. Abría los ojos, me paraba e intentaba brincar por un mar de carne, saliva y aceite Mazola, pero no podía. Caminaba, me tropezaba. Un pie, un codo, un brazo, un torso y una cadera. Dos, tres, cuatro libras de caderas. Y allí estaban todas las caderas y todas las libras. Un domingo de madrugaba en la disco. Un hombre por delante y otro por detrás y dando la vuelta y dando la vuelta ¿Quién se quedará?

La orquesta comenzó a tocar un himno acelerado y el ejército de bandera invadió el púlpito hasta que la voz y el cuerpo de aquel hombre desaparecieron. El pastor retomó el micrófono para pedir la ofrenda.

De camino a Certenejas, viaje largo, tráfico. Enterré las uñas en el asiento y no hablé o suspiré. Ese hombre con el valor de testificar habló y, cuando vertió su verdad, la congregación apagó su voz. Lo puso en *off*. Pero antes de que lo silenciaran, dejó todo aquel reguero en el aire: los cuerpos, la oscuridad y el silencio. Una ecuación que reconocía muy bien.

Al llegar al semáforo de La Calle Padial, Papi frenó de momento para evitar un auto que siguió de largo y casi nos chocó. Caí de frente a la radio y me abrí los labios. Escupí y tosí sangre. Papi aceleró y se le cuadró en el carril del lado. Con toda la fuerza de los pulmones le gritó:

–¡JODÍO MARICÓN!

Capítulo 6

Al leer debíamos mantener silencio absoluto. El ruido atrae el pecado, decía Miss Silverman. Aquella boca del Bronx me asustaba. Su voz era ronca y monótona, hecha para dar órdenes. Yo leía vorazmente. Quería hacerme parte del lenguaje. Metí la cabeza en *Canterbury Tales* y enfoqué el ojo de mi cerebro como lente de cámara. Traduje. Descifré. Más que nada mantuve silencio y aparté el pecado.

En el segundo capítulo levanté la cabeza y respiré oxígeno. De reojo, vi a mis dos cómplices levantar sus cabezas y estirar sus cuellos. Tan pronto se zafaron del libro, Taína y Wu enlazaron un puente de lujuria entre ambos pupitres.

–*Esqiuse mi, bazzroom please* –podía leer el inglés, pero no masticarlo. Miss Silverman batió las palmas en señal de ajoro. Salí.

En el baño un estudiante uniformado vigilaba nuestra castidad mientras cagábamos. Me bajé los Wranglers y examiné mis calzoncillos. El alumno en el inodoro contiguo soltó truenos apestosos que respiré con alegría. La mierda nos libera de las cadenas. La mierda es libertad. Se fue un alumno y llegó otro. Desabrochó la bragueta con tal lentitud que me alarmé. Exhalaba con *uh* y *ah* al mear el ácido del pene. Las botas del guardia del baño se asomaron por las losetas para examinar al tipo. Me limpié, vestí y abroché para conocer al rebelde del baño. Justo a mi lado, en el recuadro del espejo, el títere se peinaba rizos rubios e ignoraba las miradas inquisitivas del guardia. Sus ojos encontraron los míos por un microsegundo. De la boca salió un ruido que supuse era una burla. Ese era Ramses. El títere del Templo A.T.L.A.S. El cuco y el gígolo. Tenía un pacto o con Dios o con el Diablo. Pese a sus transgresiones, permanecía en la academia. Se le cuadró al profesor de educación física y mandó al hospital a un *senior*. Era el dueño y señor de La Fosa, el matorral al otro lado del Edificio B donde convertía a niñas en mujeres. Ramses era una radiografía sin ropa, solo hueso, carne y músculo.

¿Y La Fosa? Quien se aventurara a salir de los predios, brincar la verja y bajar hasta el terreno fangoso sí que tenía cojones. Quien entraba, salía hecho otro alumno, con ojeras y pensamientos rotos. Todos queríamos respirar el aire de La Fosa, ver carne, culo, algo, tocar un pedazo de ser humano, un centímetro de piel que no estuviese cubierto por un uniforme.

En la tarde me enganché el *walkman* y escuché un casete con canciones que mi primo Leyo me había grabado. Maro y yo íbamos con la multitud apestosa del autobús escolar. Papi pasaba horas largas curando pacientes en la fábrica y no tenía tiempo para ser chofer. Odiaba ser esclavo de aquella farmacéutica pitiyanqui, pero no tenía de otra y a Maro y a mí nos tocó ir y venir en aquel bus de mierda. En mi esquinita, me adentré en las visiones de los versos del casete. Las canciones eran tan putas y tan puercas que no podía parar de escucharlas. ¿Cómo no? Si con tanto *Méale la chocha* y *chúpame los güevos* entraba al mundo prohibido por todas las instituciones: el de las chochas y los güevos. ¿Por qué era tan pecaminoso ese lugar húmedo? ¿Qué tenía de malo meter, sacar, chupar, besar, tragar, si era algo que mi carne me pedía hacer todos los días de la semana mientras tenía los ojos abiertos y más cuando los tenía cerrados? ¿Qué tenía de malo mi cuerpo? ¿Por qué estaba enferma mi carne?

En la noche, Papi llegó bien tarde, a la hora de las luciérnagas, y Mami le increpó acercándosele al cuello. Papi, que le decía "Negra, negra, acuérdate de lo que dice el pastor", y ella respondía furiosa que ella no estaba para obedecer a hombres y limpiar culos cagaos. Me arrodillé en las escaleras flotantes del tercer piso y dejé que mis oídos recogieran el resto de aquella reyerta. La energía de la casa era verde y sucia. Por ahí venía una confesión.

–Es solo por unas semanas –Papi refunfuñó.

–Pedro, yo te conozco, tú dices semanas y son meses. ¿Cómo me vas a dejar aquí con esta muchachería y sin Soqui que me ayude con la limpieza?

–Estrella, cuando Dios te da, hay que repartir. Dios nos dio y ahora voy a repartir. Esto me lo puso Dios en el corazón.

–¡Qué lindo que cuando Dios habla contigo no consulta conmigo!

Luego Mami bajó las revoluciones. Gracias a su devoción a Cristo o por la pastilla que Papi colocó en su boca. No sé. El *walkman* otra vez se adhería a mis orejas y el raperito me hizo cosquillas en las mejillas. Dios nos había dado tanto. Tanto. Tanto. Tanto. Qué mucho nos daba Dios. Era hora de repartir. Repartir, repartir, repartir, repartir, repartir, repartir, RE-PA-PA-PA-PA-PA, PA. El raperito me rapeaba, me besaba el mentón.

* * *

Los creyentes de la célula de Caguas recibieron las noticias de Papi con olas de "Glorias a Dios". Papi adquirió estatus de misionero, un soldado sin miedo a las enfermedades venéreas que aquejaban el mundo. Ser hijo de un héroe tuvo sus beneficios. Los chamacos le prestaban las BMX a Maro y el hijo de abogado ya no podía ignorarme.

–Vente, vente, deja a los niños ser niños, vamos a la pici –Lizardi me tomó la mano y me llevó hasta la orilla de la piscina. No nos quitamos la ropa ni nos zambullimos, pero sí hundimos los pies en el líquido azul mientras me contó que los dominicanos que contrataron casi le rompieron la tele gigante que le habían comprado los papás.

–Panasonic VRGA198X. Papá. Esa es la que hay. Nuevo de paquete. Último modelo. *Last edition.* De aquí hasta allá. Tú ves a Jason, a Freddy, a Michael Jackson y Michael Myers. Llenan la pantalla. Llenan tu cuarto. Se te mete por dentro esa Panasonic. Y tú te metes dentro de ella.

–¿Cómo la de Villa Coqui?

–Más grande y más poderosa. Viernes 13 es Viernes 14, 15 y 16.

–¿Cuántas pulgadas?

–No sé. ¿Quieres verla? ¿Quieres ver mi Panasonic VRGA198X?

Mami detestaba que me quedara en casa ajena y me decía que me lavara bien el culo porque si me accidentaba por lo menos llegaba al hospital con el culo limpio y no con un culo de pobre. Protestó, por supuesto, pero lo que dice Papi es ley y Papi dijo que sí. Así que Maro y Pedro se fueron con coraje en el Taurus porque yo me quedaba de *sleepover* y ellos no. Ah, porque ya Papi no tenía carro de pobre. Tenía un Ford Taurus. Le pasó el Datsun a uno de los primos que había salido del hospital y ya no se puyaba.

Lorena me trajo una muda de ropa de "cuando Lizardi era gordito", pero aun así la ropa de su hijo me apretaba la celulitis. Nos sirvió un ponche sin azúcar ni preservativos y nos hizo una merienda de galletitas de zanahorias que sabían a cartón.

–Bueno, mucho juicio –advirtió la mamá en bata de dormir.

Lizardi se reclinó en una silla mullida y descansó horizontalmente como en una cama. En *shorts*, Lizardi pavoneaba aquel cuerpo de *high school*: las colinas del pecho, los surcos de los abdominales, las fosas húmedas de los sobacos. Yo protegía la geografía imperfecta de mi cuerpo con la *t-shirt* prestada de algún viaje a Mickey Mouse o Epcot Center.

Se encendió la gran pantalla y en realidad aquella Panasonic VRGA198X era magia. La imagen ocupaba la pared entera y, cuando un cuerpo aparecía, era del tamaño nuestro. Así podríamos penetrar los videos de MTV y las películas de Showtime.

–Mira, mira, soy del tamaño de Michael Jackson –dijo Lizardi e imitó la coreografía a destiempo de "Bad"–. ¡Ahhhhh! –gritó otra vez como el rey del pop. Brincó y se agarró el paquete.

La luz se encendió y quedamos en silencio.

–¿En serio? ¿Ahora tú eres Michael Jackson? Un pilemierda. Un Michael mierda es lo que tú eres –esa era la voz nocturna del Licenciado.

–Ta bien, Papi, mala mía. Estaba relajando con Eye que está triste porque el papá se va de misionero –respondió Lizardi.

El Licenciado Beauchamp cerró la puerta y, con paso de perro asustado, Lizardi trancó el pestillo.

Luego se acercó y me dijo al oído "Como si tú estuvieras triste por tu pai". Otra vez colocó su sobaco mojado sobre mi hombro y sus risas se hacían saliva en mi barbilla.

Lizardi fue hasta la pantalla y conectó un cable en el dorso de la Panasonic VRGA198X. Se inclinó y le vi la raja del culo.

–¿Se ve bien? –preguntó.

–Se ve borroso, como estática.

–Eso mismo es.

–¿Qué?

–La estática. En la estática está la tetica.

–¿De qué rayos tú hablas?

–Mira.

Entonces se postró frente al televisor y colocó su mano en el mar de estática. Adoró y esperó una respuesta de su Diosa la Panasonic VRGA198X.

–Aquí está. Mira. Ven aquí.

Me acerqué a su lado. Sus ojos parpadeaban y sus uñas rasgaban la pantalla.

–Aquí –dijo, y con el dedo calcó la silueta de una mujer–. Esta es ella. Este es él. ¿Ves? ¿Ves las teticas, las tetitas ricas? ¿Las ves, Eye? Dime que sí –al decir eso soltó una carcajada, pero no vino de sus pulmones, se originó en la panza de la Panasonic VRGA198X.

Se acercó a la pantalla enorme, pero antes de llegar, su verga dura chocó con la imagen generando destellos como cuando los mecánicos sueldan metales y se ponen esas máscaras para no quemarse los ojos.

–Acompáñame, Eye. Entra conmigo –Lizardi me ofreció una mano blanca y venas que latían hacía su brazo escolar y su pecho primitivo. Dentro de mí escuché la voz de Dios, de Mami, de los maestros, del Pastor, del Mr. C., de Wu, de Taína y, por supuesto, la voz de trueno de mi padre.

–No –dije, y retrocedí.

Se despidió agitando una mano y en silencio caminó hacia las imágenes de aquel porno estático. Entró en la escena y se perdió entre los puntos blancos y negros, entre los gemidos. Se lo tragó la tele. Se lo chupó la Panasonic VRGA198X.

* * *

Sabía que la concupiscencia de aquella noche se regaría como pólvora. Si Zongo le dijo a Borondongo y Borondongo le dijo a Bernabé. Si Bernabé dijo a Mochilanga que es primo de Cuquito y ahijado de no sé quién. Y ese no sé quién, dijo que un tal Eye o Aya, o guaya guaya, se había propasado con el hijo del Licenciado Beauchamp, abogado de Dios y las multinacionales.

¡Qué cojones que la gente escucha solo un lado de la verdad! El lado de los hijos del dinero y el atletismo. El otro, como es gordito y tetón, tiene que estar defectuoso.

En la academia andaba trinco, esperando burlas, murmullos y escarmientos. O Lizardi o alguno del club de atléticos se encargaría de avergonzarme ¿Por qué no? Si Dios odia las mariconerías. El abusador estaría llevando a cabo la voluntad del Señor. Pero, silencio. Nada. Y no hay nada peor que el silencio que anuncia el huracán.

–La Fosa está bien fogosa –dijo Taína y brincó de alegría en el banco del comedor.

–No más fogosa que tú, Mami –respondió Wu.

–Chino bellaco, estoy hablando de La Fosa del pastizal. Tengo chisme de primera hora, directo de la Fosa Fogosa.

–Cuenta, cuenta, suelta la lengua –dijo Wu. En cinco minutos debíamos regresar a clase.

–El hijo del licenciado, el chulo de Caguas, tú lo conoces –Taína se volteó hacia mí.

Se me fue el corazón a la garganta, después al esófago y, finalmente, al estómago. Perdí el color de la piel y dije una pequeña oración. En aquel entonces no sabía orar. Rezaba como Mami: "Ave María purísima, Jesús magnífica, Gran Poder de Dios", hasta que Dios se apiadara de mí.

–Eso es un chisme viejo –ripostó Wu.

–Tú no sabes.

–Yo sí sé.

–No.

–Sí.

–No.

–Sí.

Me salía agua por las manos. Me limpiaba el sudor y dejaba una mancha de gordura y sal en la polo. Taína soltó la lengua y reportó las noticias de La Fosa. Lizardi no me había delatado y mucho menos se había delatado a sí mismo. Fue peor. Se había alejado de nuestro pecado. Había dibujado otro pecado con una estudiante. En la Fosa. La Fosa que estaba Fogosa como la Panasonic VRGA198X. Debería haber sentido alivio, ¿no? Pero sentí rabia. Me había borrado de la historia. Se había inventado un chisme sin mí. Bueno, y gracias a Jehová, porque juro que, si el chisme hubiese llegado hasta mi papá, cogía un avión desde donde estaba para darme una pela. Papi, allá, curando enfermos, y yo aquí jodiendo la pita.

Esa noche, mi cuarto parecía expandirse, pero mi visión se achicaba. Mis ojos se ajustaban a la imagen frente a mí como si observara a través de un caleidoscopio. Cerré los ojos y respiré hondo. Me percaté de algo: sin Papi en Caguas, le daríamos un descanso a las células los viernes y al templo los domingos. Me hundiría más en las entrañas de Certenejas, en el culo húmedo de Caguas.

* * *

Una vez al mes la academia permitía a los alumnos vestir y calzar lo que quisieran, siempre y cuando pagaran un dólar. En esos *casual days* los alumnos no actuaban de forma casual. Por lo contrario, parecían copias facsímiles de sus artistas favoritos. Por un lado, los *newwavers*; por otro, los *electroboogies*. Los salseros con macanas pa caerle encima a los roqueros. Machos con falda; mujeres en minifalda. Con solo un pesito los alumnos podían saltarse las reglas del pudor que los gobernaban todas las semanas. En mi primer *casual day* fui de cortos violetas y camisa de cuadros. Los cortos eran medio cocolos, pero la camisa con aquellos cuadros multicolores y objetos abstractos me colocaban en un lugar incierto entre los *electroboggies* y los *newwavers*.

–Eso no importa, Eye. Son idioteces. Ese peso acaba yendo a la cuenta del pastor pa comprarse un Mercedes Benz –dijo Taína, que vestía su uniforme de reglamento.

–Pa mí... pa mí es como un Halloween mensual. Estos pendejos parece que van de *trick or treat* –respondió Wu.

–Tú puedes disfrazarte de lo que seas y sigues siendo un chino bellaco.

Aproveché la reyerta de aquellos para regresar al salón de clases. Abrí la puerta y pasé los pupitres donde percibí un fuerte olor a Drakkair Noir. Caminé con miedo hasta llegar a mi pupitre. Sobre mis libretas me esperaba un obsequio envuelto en papel de regalo. ¿Qué otra cosa podía ser sino una broma, un chiste, un chisme, una venganza? El olor a Drakkar Noir se intensificó y sentí el cuerpo de Lizardi a mis espaldas.

–Ábrelo –susurró la voz a mi oído. Unos alumnos entraron por el salón. No decían ni ji y se aguantaban la risa. Ellos sabían algo y estaban listos.

–Ábrelo, papi. Es un regalo, un *present*.

Arañé el papel de regalo y la caja blanca que cubría se movió levemente. Aún no descifraba la maldad que me aguardaba adentro. Me viré, pero mi acosador no era Lizardi. Ramses me enfrentaba. Detrás de él, los que sabían del contenido aguantaban el momento cúspide para estallar en risas.

–Es de parte de Lizardi. *By the way*, Lizardi me lo contó todo –susurró Ramses.

Abrí el regalo por el costado y miré de reojo el contenido.

–*Please* –le rogué con ojos y lágrimas, pero el tipo ni se inmutó.

–Te voy cantar el *happy birthday* si no lo abres ya.

Abrí la tapa y empecé a sacar los artículos de ropa y la cajita de toallas femeninas. Rogué otra vez. Nada. Saqué el contenido de la caja y, cuando Ramses se dispuso a mostrárselo al salón, la puerta se cerró de repente y los alumnos se esfumaron como cucarachas.

–Is this what you have learned here? Is this the love of our GOD Jesuscrist? –gritó Miss Olavarría. Tenía ojos de rabia y labios de serpiente. Vertió veneno para defenderme. Guardé el contenido en la caja y salí del salón.

Caminé, luego corrí hasta esconderme en el patio detrás del templo. Un jardín de helechos y amapolas protegían un banco y un pozo de agua verde. Miré el pozo y, bajo algas y renacuajos, vi a un niño verde. Es el niño que se encaja en las algas en un poema de García Lorca. Cuando Mami lo recitaba yo veía al niño, que era yo porque los dos amábamos el agua.

–Tú no puedes estar aquí, es hora de clase –dijo una voz varonil.

El dueño de la voz se acercó. Se percató de mis lágrimas y se arrodilló para que su rostro estuviera frente al mío. Ojos café clarito y una nariz un tanto chueca. Barba inocente y cabello espeso de comercial de champú.

–Ea diablo, tú estás ensopao –dijo, se sentó al lado y me cubrió con su brazo, que pesaba toneladas. Su nombre era Orlando. Era el contable o asistente o no sé qué del Templo A.T.L.A.S., pero no parecía de esta iglesia, parecía humano, como si al igual que yo lo hubiesen obligado a estar allí.

–¿Qué te pasa? Dime, pero no llores –dijo y me quitó la caja de las manos. Sacó los artículos y yo hundí mi cara en su pecho, aunque fuera un extraño. Guardó rápidamente el brasier y las toallas sanitarias. Me preguntó quién había hecho eso.

–¡NO, NO, NO, QUE DESPUÉS ES PEOR! –le rogué. Reconocí en su rostro el odio fulminante de alguien que sufre por un amigo o familiar, pero yo no era ninguno de los dos. Sin embargo, allí estaban los ojos rojos de Orlando a punto de vengarme.

–Bueno, no voy a decir nada por ahora, pero si ocurre otra vez no sé. No sé si pueda quedarme callado.

Asentí y antes de despedirme, Orlando puso su mano en mi rostro. Los dedos eran ásperos como grosellas y presentí un leve olor a tabaco.

Esperé el fin del día escolar en la oficina de Mr. C. De camino a Caguas, Maro me preguntó "¿Estás bien? No llores". Maro era tan lindo conmigo antes de que me odiara y me gritara "tetón" y "pato" como el resto de la clase. Pero aquel día me dio un abrazo y, aunque se sacara los mocos y apestara a moscovito viejo, se lo devolví. Abracé a mi hermano.

Mami se había enterado de lo sucedido antes de que llegara. Trató de evitar mi rostro para no avergonzarme cuando entré por la puerta. Esperó que me bañara, vistiera y viera a Chespirito hasta las 7:30 de la noche y luego entró al cuarto. No sé cómo las madres se enteran, pero se enteran. Tienen más oídos que la CIA, el FBI y los guardias de palito. Hacen carpetas en la memoria.

–Eye, esas son pajitas que le caen a la leche. Cuando le gente viene con esas cosas, demuéstrales que tú puedes más. Que tú eres más. Ladra. Grita. Pelea. Métete a hacer ejercicios pa que tú veas cómo te dejan de joder. Nadie se mete con los que tienen músculos. Nadie se mete con los machos.

Otra vez Mami le echó un ojo al afiche de Michel Jackson del álbum de *Thriller.* Sonrió.

Mami 200 - Michael Jackson 0

Capítulo 7

Tranqué la puerta del cuarto. Subí el volumen del casete *Llena tu cabeza de rock* y me quité la ropa. Me estiré en el piso boca abajo y me impulsé con las manos hasta lograr un *push up.* Luego otro. Mira, no es tan difícil. Me arden los músculos, ya debo verme mejor. Voy a ladrar, coño. A ser flaco y aguantar el pico.

Hice sentadillas, *jumping jacks*, giré las caderas y aquella cosa de cabeza-cintura-pies, *heads-hips-and-toes*, que repetía el maestro de educación física. En el cuarto del lado, los nenes le sacaban rayos y misiles a los videojuegos. Detrás de esos ruidos, estaban las quejas de mi madre. "¡Que si Pedro me dejó sola con estos tesoritos! ¡Que nadie me trae la compra! ¡Que me están dando ganas de fumar, pero no tengo ni cómo ir a la bodega!".

Eran noches más oscuras de lo normal. No. Ya no pensaba en los demonios ni en la casa, pensaba en los lugares donde habitan los demonios: los cuerpos. El mío, el de Lizardi y hasta el de mi némesis, Ramses, cuyos músculos fibrosos parecían reventar su uniforme escolar. Por lo menos tenía un escape. A eso de la una de la madrugada, sin falta, un canal con mala recepción transmitía una serie en inglés. No sé cómo se colaba ese programa de Cable TV en nuestra antena, que no era digna de cosas gringas. Pero se veía, en unas noches mejor que otras. El protagonista era un chamaco medio joven, medio viejo que de vez en cuando cantaba y bailaba. Era el sirviente de una mujer adinerada, y aunque ella estaba en control, y él le coqueteaba, nadie sabía *Who was the Boss*. El tipo salía en cortos y camisillas, mostrando muslos y tetillas en cada episodio. Tony Danza era su nombre y me recordaba a Lizardi con aquella verga poderosa que podía atravesar televisores. Cada episodio era una casqueta y a veces pasaban hasta ocho episodios por noche. Al próximo día llegaba a la academia con los ojos virados y con calambre en la mano derecha.

–Ay, ahí está el pendejo ese, ni le hagas caso –dijo Taína. Eran las 12:30 p.m. y la glorieta llena estudiantes. Ramses caminaba en nuestra dirección.

–Mira, ni mires pa allá, que viene a joder –le rogué.

Ramses nos pasó por el costado. Ni existíamos. Habían pasado semanas desde el incidente del brasier. Bastante que le costó su bromita, aunque peor fue la marca que su humillación dejó en mis sueños. Nunca olvidé lo que me susurró ese día: "Lizardi me lo contó todo". Por supuesto que Lizardi jamás me dirigió la palabra. Gracias a Dios, Papi estaba curando enfermos. No había manera de llegar hasta las células en casa de los Beauchamp.

–Oye, Eye, tú estás como que flaco, y estás dejando la mitad de la bandeja a la hora del almuerzo –dijo Taína y se robó una papita frita.

–Me estoy acostando tarde, no puedo dormir, se me va el apetito –respondí.

–Dicen que la gente rebaja a casquetazo limpio –dijo Wu.

–No todo el mundo es tan bellaco como tú, Wu –dijo Taína en un intento por defenderme.

–Mira que tú te metes hasta el control remoto –ripostó el Chino con una boca llena de papitas fritas.

Aunque una energía lujuriosa transitaba entre nosotros tres, casi nunca reconocíamos nuestros cuerpos o lo que les hacíamos. Hasta ese día. Taína habló de lápices, zanahorias y guineos enanos. Wu describía la entrada de vergas en vaginas en las revistas Penthouse que los hermanos le habían robado al padre hacía años. Sentía esa carga eléctrica en los güevos. Esa conversación me daba taquicardia. Quería consumir imágenes más claras y carnes más desnudas que las que veía en *Who's the Boss.* Si en casa había de esas revistas, estarían en el clóset de Papi, donde se guardaban los secretos y remordimientos.

Esa noche le di un break a la serie y me metí en el estudio del segundo nivel. Ay, cómo me temblaba la celulitis al entrar. Todos dormían. Entrar al mundo hermético de mi padre producía una mezcla de excitación y asco. Este era el reino de su mundo, el albergue de su coraje, frustración y lujuria. Entré de puntitas. Los dedos de los pies se congelaban en las losetas de la noche. La luz encendida reveló algo que jamás habría esperado. Entre las ventanas enormes con vista a las montañas, aún colgaban las dos banderas: la del PIP y la de Puerto Rico. En los anaqueles aún conservaba las voces de Lucecita, Tony Croato, Roy Brown y todos los que le enseñaron a cantar, caminando. Del escritorio agarré un álbum de fotos con las palabras PHOTO-MAX. Adentro vi ristras de fotos de mis padres, salvo que no eran mis padres, eran dos jóvenes que se querían y adoraban y viajaban por el mundo entero desde Santiago de Compostela hasta San Sebastián del Pepino, sonriendo, tomando, coqueteando con la vida y con el lente de la cámara. Ese día que descubrí el amor de mis padres, descubrí el amor a la fotografía, porque allí en ese cuadrito lleno de memorias esos dos pendejos eran felices. Veía las fotos y podía escuchar su risa, reír de sus chistes y hasta embriagarme en las fotos en las que Papi estaba tomado. Guiaban un Volkswagen, ¡un volky!, el medio oficial de transporte de los hippies y comunistas. Pasé una foto: el Faro de Mayagüez. Otra: Lares. Papi levanta el puño frente al monumento al Grito de Lares, solidarizándose con los ciento y pico que murieron por la independencia de Puerto Rico en 1868. Pasé la foto y estoy yo, justo en el medio de los dos, absorbiendo con mi cabeza en forma de manzana toda la alegría del cuarto. Mi madre está vestida de negro como las personas de luto o las que están muy cansadas como para cambiarse de ropa. Papi, una camisa de Mickey Mouse y en su muslo velludo balancea a ese niño más que jode que le importa un carajo el bizcocho de cumpleaños. Era la única foto en todo el álbum en que estábamos juntos y por los semblantes de sus rostros era claro que yo había llegado a joder su fiesta.

Dejé el álbum en el lugar donde lo había hallado y caminé hacia el clóset. Me temblaba el esqueleto. Para mi sorpresa, la puerta estaba abierta. Cajas por todos lados. Olor mustio, peste a olvido. Escalé las cajas y palpé con mis manitos el anaquel más alto de la pared. Ahí estaba. Mis manos sentían la superficie empolvada de alguna revista. Triste fue encontrar que no era la revista del conejito. El libro en mis manos mostraba serpientes entrelazadas como Auryn del filme *The Neverending Story*. Un ataque de tos impidió que pudiera abrirlo. Lo escondí en la mochila. Desenterraría sus tesoros el próximo día.

–¡Diablo, que peste tiene eso! –dijo Wu con voz fañosa.

–Ábrelo, ábrelo –vibraba la curiosidad en los ojos de Taína.

Pasé las páginas con cuidado. Eran amarillentas, finitas, con puntitos marrones. En la mitad del libro vi jóvenes fotografiados del cuello hacia abajo. Debían ser jóvenes por las estaturas y la falta de vellos en la piel. Parecían regañados, pero a medida que pasaba las páginas entendí que no estaban regañados, estaban enfermos. Los cuerpos estaban lacerados en los genitales y áreas cercanas. Nos detuvimos en unas páginas con una serie de fotos de entrepiernas. Los penes de las fotos estaban desfigurados o exhibían orificios que el libro catalogaba como chancros. Con la mano que tenía libre me tapé el pene y las bolas como si así pudiese protegerlos. Los cuerpos no tenían cabeza, o sea que la foto no incluía la cabeza o la cara, pero seguro que los rostros que las fotos no mostraban eran rostros de miseria. Tal vez también se burlaban de sus cuerpos, de sus deformaciones. La otra sección era de testículos, también deformados, inflados, perforados, violetas y de un púrpura intenso que solo fotos a color podían mostrar.

–Ay, Wu, yo no puedo más –le dije, pero Wu estaba fascinado. Entró a otra sección de vaginas. Estaban organizadas en filas de seis y columnas de cuatro. Cada una de las 24 vaginas mostraba síntomas de alguna enfermedad innombrable. Pasé la página y leí una nota al filo de una foto: *common diseases such as these are caused by transmission via sexual contact between a man and a woman, a woman and a woman, or man and a man.*

No era el libro de *The Neverending Story*. No era el libro de Atreyu o Gmork, o Bastian o la Emperatriz. Era un libro que no tenía que estar leyendo. Eso me pasaba por meterme en donde no me habían llamado, como decía Mami.

Esa noche, como había prometido y sin que nadie sospechara, devolví el catálogo de enfermos al armario. Pobres deformados. ¿Sería castigo de Dios? ¿Se lo habrían buscado? No importaba, lo encerré otra vez en su cárcel de hormigón.

Nunca me libré de aquellas imágenes: amarillentas, putrefactas, impías. Regresé al cuarto y coloqué otro de aquellos *mix tapes* que vendían en la calle por dos pesos. El *soundtrack* de *Electric Boogaloo*, el *um dada dum de do*, que estiraba las extremidades de los *breakdancers* de algún lugar en Nueva York. Coloqué el casete y apreté *play*. La cinta no andaba. *Play*, otra vez. Nada. El *beat* comenzó, pero las voces se derritieron en un sonido inmundo. Volteé el *walkman* y le empujé baterías nuevas. *Play*, otra vez. Nada. ¡¿Qué puñeta le pasaba a mi *walkman*?! Le di una palmadita y la música estalló por los audífonos. A triple velocidad. El sonido de ardillas sobre una pista electrónica. Era una dimensión sonora que desconocía. Esto debía ser el sonido de células o microorganismos, pensé, o una discusión celular entre dos organismos en alguna parte de la carne. La voz acelerada acusaba a otra voz que le respondía. La música de fondo, a las millas. *Tucu taca tuca. Tacatacatacatacatacata. TACATACATACATACATA.* Era un guerra intergaláctica y micro orgánica en mis oídos. La puerta del cuarto se me hacía lejos, como si con cada compás la música me arrastra hacia sus entrañas. En ese momento no sentí nada, miedo, coraje, tristeza, nada. La música prevenía cualquier otro sonido y, por consecuencia, cualquier otro estímulo. Coloqué las dos manos sobre mis oídos y dije "que se joda". Me dejé vencer por aquella audiofuria. Sentí algo en mi hombro. Miedo. Puro miedo. Juré que había dejado entrar al Diablo en la casa. Primero, por mis ojos con el libro de deformados y ahora por los oídos con el casete endemoniado. Mis ojos se trancaron y las pupilas dejaron de absorber colores. No había imagen sobre los ojos, solo estática. Un manto cayó sobre mi cabeza y de mi cabeza calló a mi rostro. Lo empujé. "¡MAMI, MAMI, MAMI!", grité, pero desde que Papi se había ido, Mami azucaraba sus noches con varios diazepames. El color regresó a las pupilas y mi cuarto regresó a mis ojos. Ahí estaba frente a mí el manto, el manto de Michael. El manto de Michael Jackson que se había desprendido de la pared y había caído sobre mi rostro. Un segundo de alivio. Luego pánico. No me había orinado o cagado encima. Pero estaba desnudo. Toda aquella carne por fuera y Michael con sus ojos en los míos.

Mami 200 - Michael Jackson. 1.000

Capítulo 8

Llegué a la escuela con ojeras del tamaño de Júpiter. Sentía hambre o dolor en el estómago, una de las dos, pero el desayuno de Frosted Flakes me había provocado náuseas. Mami se esforzaba menos en la cocina desde la partida de Papi.

–Por lo menos estás más flaco –Taína intentó animarme–. ¿Te puedo poner base en los ojos?

–Dale, Eye, ¿qué te parece? ¿Quieres que esta te pinte como la puerca de Juan Bobo? –preguntó Wu.

–Mira, ni jodas con eso. Me mata mi mai –respondí.

Wu puso su mano en mi hombro.

–Loco, ¿qué es la que?

–Mira, desde que Papi se fue todo está al revés. Mami fuma. Se la pasa en el inalámbrico. Cocina *TV dinners* y después se encierra a ver El Club 700.

–Ay, nene, tú necesitas Cable TV –dijo Taína–. ABC, CBS, *Who's the Boss, Punky Brewster, Different Strokes, Mickey Mouse Club, Showtime, HBO,* todo eso.

–Mira, repite conmigo: Todo lo puedo en el Cable TV que me fortalece –dijo Wu.

–Todo lo puedo en el Cable TV que me fortalece –repetimos a coro.

–¡Amén!

–¡Aleluya, hermanos!

Esa mañana Miss Jordan trajo invitados especiales a la clase: un joven y una joven del Departamento de Salud. Tenían sonrisas blancas como pasadas por cloro y uniformes con las palabras *Cristo Sí, Drogas No* a través del pecho. Eran los hermanos Caraballo, dos estrellitas de la televisión que alcanzaron la fama al ir de escuela en escuela y de caserío en caserío advirtiendo a los adolescentes sobre el riesgo de las drogas. Primero, un vídeo blanco y negro. La mujer en el vídeo era negra y delgada. La cámara, desde un ángulo superior, revelaba la tortura que la desintoxicación de la heroína le causaba. Vomitaba. Se sacudía. Se caía de la cama y resbalaba en su propia bilis.

Taína alzó la mano.

–Pregunta, no sé si sea una pregunta tonta, pero, ¿por qué no vino algún doctor a ayudarla, qué se yo, a darle agua o limpiarle la diarrea? Porque eso es un desastre. Eso que estamos viendo es una desgracia.

La hermana Caraballo no supo contestar. Con sus ojos pedía socorro a su hermano. Nada. No tenían respuestas.

–La salvación no se gana con doctores, con pastillas, con metadona o con ñeñeñé –interrumpió Miss Jordan–. La salvación se adquiere con sacrificio. Esa mujer, Dios la tenga en su gloria, sufrió para ser libre.

Los hermanos Caraballo sacaron el velo de un cuadro enorme y al caer la tela tomamos un suspiro colectivo. Allí estaban los culpables de los males borinqueños: el pasto, el caballo, la coca, el crack, la pinta, la seca, la meca. Había tanta variedad de drogas como tipos de tiendas en Plaza Las Américas. Unas para reírte y otras para llorar. Unas para olvidar y otras para recordar. Las tocabas y te hacías adicto, y al ser adicto eras un leproso, intocable. En el templo había muchos intocables. Se arrepentían, buscaban el perdón de Dios y de los cristianos, pero los trataban de lejos. Las drogas eran el único pecado que en verdad Dios no perdonaba. Miss Jordan colocó un videocasete en la televisión. *Punky Brewster*, Nancy Reagan y un Care Bear aparecieron en la pantalla.

–*Remember to Say NO, NO, NO!* –lloraba *Punky*.

–*¡NO!* –gritaba Nancy.

–*¡PLEASE!* –rogaba el *Care Bear*–. *IF YOU DO IT, IT'S GAME OVER PAL!* –esta frase la dijo con voz tosca. En una mano agarraba una cruz. En la otra, una ametralladora.

–*IT'S GAVE OVER. BABY!*

Al repetir "*BABY*" la palabra se distorsionó. Un huracán de vocales y consonantes chocaban en su boca de oso. La voz se desintegró al tamaño de un suspiro y la imagen del vídeo se hizo un círculo negro en la pantalla del televisor.

Eso de las drogas era muy cierto. Digo, no quiero darles la razón a las hermanos Caraballo pero sí, era verdad. Par de primos míos estaban en la cárcel. En la cárcel o el hospital. Los que regresaban a Villa Nueva iban de casa en casa vendiendo donas Aymat o bolsas de basura. Las madres escondían a los nenes detrás de los portones y los chihuahuas les sacaban los colmillos. Algunos les cogían pena. Otros sentían asco. Imaginé que ese era su sacrificio: ser escoria humana para poder llegar a la gloria de Dios.

A veces pensaba que era escoria. Mi droga era otra. En las noches me seguía casqueteando velozmente, apretando los dientes y sellando los párpados. Dos y dos son cuatro, y cuatro y dos son seis, y a veces, hasta perdía la cuenta de mis emisiones nocturnas.

Unos días después, Taína y Wu tuvieron la pésima idea de entrar a la famosa Fosa. Era Halloween. ¿Qué mejor día que este?, pensamos. El caminito era estrecho y tallado por los zapatos escolares de los bellacos que se atrevían a explorar esos lares. Bajamos en silencio. Wu le ligaba las tetas a Taína que saltaban como globos con cada resbalo. Nos agarramos de una verja cubierta en enredaderas y continuamos descendiendo. El olor era diferente. Fresco, fresquería, pierna, entrepierna y ajonjolí. Nos detuvimos en una planicie frondosa en la muralla que nos separaba del mundo. En la izquierda había una mesa redonda y en la derecha tres pupitres grafiteados. Los morivivíes comían colillas de cigarrillo.

–Bueno, no hay más na –la voz de Wu mostraba la decepción profunda de quien recibe medias el día de Navidad.

–¿Cortamos clase pa esto? –Taína colocaba las manos en las caderas.

Mis huesos temblaban en la piel. Obtendríamos castigo sin disfrutar el néctar del pecado. La Fosa era un mito, un relajo, un embuste. Qué pendejos habíamos sido.

–Ay, yo me siento mal –dije y me agarré la culpa en

forma de hernia que me crecía en el abdomen–. Voy a vomitar. Vámonos al carajo.

–Les voy a decir una cosa. Si a ustedes los cogen aquí, los botan inmediatamente. O sea, expulsados, y repiten grados como la gente que vive detrás de las murallas en los caseríos. O peor, los meten en una escuela pública –esa era la voz de Orlando. Tenía voz de tía ecojoná, pero cariñosa. Desaprobaba nuestro delito con la cabeza y con el índice hacia el cielo continuaba su discurso–. Es más, si yo no digo nada, me pueden hasta botar a mí. ¡A mí! Avancen y suban antes de que me arrepienta.

Orlando fue quien me secó las lágrimas el día que Ramses me jugó aquella broma cruel. Recordaba el peso de su brazo en mi hombro y su barbilla al raspar mi frente. Recordaba que su calor corporal consumía mi dolor. Nos sacó a los tres de La Fosa bien molesto. Taína y Wu salieron primero. Yo los seguí y detrás de mí Orlando, asegurándose de mis pasos. De vez en cuando, me sujetaba por la cintura si veía que mis pies tambaleaban. Las palmas de sus manos escalaron al abdomen, al área deformada por el consumo degenerado de Doritos, Chistris y Chupa Chups. No retiraba sus manos y, al percatarme de que mi cuerpo no le repugnaba, deseé que el tramo hasta la academia se extendiera, que fuese un laberinto.

Orlando se despidió. Nos reprobó una vez más con los ojos y me lanzó una guiñada conspiratoria. Esa tarde me sentí liviano. ¿Habría perdido peso? ¿Tenía Taína razón? No sabía, pero alguien había tocado mi carne. El único. Orlando. Orlando. Orlando. Su nombre era un destino: ese lugar mágico de Florida dónde habían ido a parar muchos vecinos, amigos y familiares. Cada vez que pasaba por su oficina, mi corazón cabalgaba.

Una hora después: educación física. *Heads-hips-toes, heads-hips-toes, heads-hips-toes.* Sentadillas. *Jumping Jacks.* Cuclillas. Cuclillas. Y *push up. Push up.* Voy a rebajar. Voy a derretir esta grasa. Me voy a comprar el *Sweet Sweat*, apuntarme en un gym y ponerme todos los productos de Mirta de Perales. Para ser flaquito, para que me toquen, como un tambor, al son del pecado. *Head-hips-toes, head-hips-toes.* Me asfixiaba.

En Puerto Rico no es como en Estados Unidos o, mejor dicho, como en las películas de Estados Unidos. Los gringos se bañan después de educación física. Machos con machos. Duchas abiertas. Los ojos hacia arriba, por supuesto, y bueno, a las chicas las imaginaba como a la pobre Carrie que se desangró por la raja en la niebla en aquella película que me había dejado con mil pesadillas. Qué cruel era la desnudez adolescente. En la Academia A.T.L.A.S. no había duchas. Nos cambiábamos, sí. Le ligábamos el güevo al otro, también, pero íbamos al próximo periodo con peste a moscovito viejo.

–Fo, ahora nos toca la capilla, a escuchar a Mr. C. predicar –Taína se recogía el pelo azabache en una cola de caballo.

–Y con esta peste a culo y sobaco –añadió Wu.

Taína se detuvo y ripostó con voz de reportera:

–Entre un culo y un sermón, prefiero un culo.

* * *

Entramos a la capilla. Llenamos el primer y el segundo nivel hasta que todo el templo se colmó de uniformes. A pesar del acondicionador de aire industrial, el olor a axila, a tierra, a pierna y a entrepierna perfumaba al aire. Nos levantamos en reverencia a Mr. C. y él sonrió con todos los dientes al escuchar la ola de aplausos.

–¡*Woop, Woop, Woop!* –el alarido de un puñado de *seniors* lo animó aún más. Mr. C. tenía una gran fanaticada entre los *high schoolers*. Taína objetó con los ojos.

–*You know, people, it's time to rejoice. Rejoice and relax* –dijo Mr. C., quien vestía jeans, por supuesto, y una camisa de manga larga roja y satinada. Los últimos Jordan en los pies. Una melodía en el piano acompañaba sus palabras.

–Tanta tarea, tanta responsabilidad, tanto miedo. Que si paso o no paso el SAT. Que si no entro en Purdue me mandan pa la IUPI. ¿Tú no te cansas de lo mismo? *The same, the same, study, study, game, game, best, best, Johnny be good, Johnny be great.* Pues hay alguien que te ama *just as you are* –el pianista tocó una canción gelatinosa que se deslizaba por los oídos.

–¿Tú estás listo para un *pep rally*? –Mr. C. alzó ambas manos y los uniformes respondieron con Amenes y *Jesus is Lord* en unísono.

–¿El *PEP RALLY* DE TODOS LOS *PEP RALLIES*?

–*YEAH* –respondieron los alumnos.

Desde el primer piso hasta el mezzanine los alumnos gritaban, adoraban y algunos hasta convulsionaban. Eran réplicas de lo que hacían sus padres los domingos en ese mismo templo. Un trueno habitaba en ese palacio. Una energía que sacaba a todo el mundo de sus asientos, creyeran o no.

La melodía se detuvo y tres jóvenes subieron al púlpito. Eran delgadas, de cabellos rubio, marrón y cereza. Agarraron los micrófonos y una pista de pop musical saltó por los altoparlantes. Los alumnos chasqueaban y movían las caderas. Quise hacerlo, pero delante de Wu y Taína, jamás. Taína se meaba de la risa y Wu no le quitaba los ojos a las faldas de las cantantes. La cruz se iluminó y el letrero de *Jesus Saves* parpadeó. El templo se transformó en un *discoparty*.

Comenzaron a circular panfletos por todo el templo. Los alumnos los abrían para leer las letras y acompañar las canciones de las *J-Girls* cristianas. Uno llegó a mis manos. Era en forma de corazón. Llevaba una canción, un mensaje y una advertencia en un fucsia electrizante.

Don't let the enemy
surround you
Don't let the temptation
be around you
You will be a warrior.
Don't let them touch you there
Don't let them touch anywhere
The fire will consume you
You will be his warrior.

PARA CONTRATACIONES, CUMPLEAÑOS,
QUINCEÑEROS, BODAS Y FIESTAS PATRONALES
LLAME AL 787-867-5309

FBI: The unlawful reproduction of the J-Girls music could result in fines up to $25,000, incarceration, demonic possession, fevers, chills, depression and eternal damnation. All rights reserved by Templo A.T.L.A.S, Inc.

El mini concierto cesó y Mr. C. regresó al escenario altar.

–*You know, it's time to bring it down a bit* –los altoparlantes ahora emitían sonidos de cascadas, lluvia, viento y olas–. *My brother, let me tell you something*, mi pana, las drogas y el alcohol. *You see, we try to defy God and he strikes us down. You think we're in the right path, but no.* Mira las epidemias, la sífilis, la gonorrea, el SIDA. *AIDS has got the world by the balls*, por las bolas, *that's no good, man. We will be his warriors,* pero solo si nos humillamos y pedimos perdón. Vamos a pararnos. *Get up, stand up*, vamos a alabarlo.

Alzamos las manos. Repetimos las alabanzas que Mr. C. entonaba. Los compañeros de clase también alzaron sus brazos y nuestra esquina del noveno grado se inundó con olor a sobaco y arrepentimiento. Lloraban, bendecían, pedían perdón al Señor, aunque no hubiesen hecho nada. No había que hacer nada. Simplemente humillarse, pedir perdón. Perdón por nuestro pecado, por nuestra carne, por el pecado que hicimos y el que estábamos por hacer.

Mr. C., al igual que El Enviado Spencer en los cultos dominicales, nos dio la oportunidad de volver a arrepentirnos, volver a entregarnos a Dios y volver a blanquear nuestros pecados. Los alumnos comenzaron a desfilar. Primero de dos en dos. Luego de tres en tres. A medida que llegaban, Mr. C. les daba un toque en la frente y ellos caían al suelo como si les hubiese extraído sus baterías. Caía uno, luego dos, igual que en los domingos. Unos yacían en silencio, otros gemían, otros hablaban en lenguas.

Entonces pasó algo que me marcó para siempre. No lo hice adrede. Respondí al miedo que me causó lo que vieron mis ojos. Uno de los alumnos se quitó la camisa y el pantalón reglamentario. Saltó hasta el altar y corrió por las filas traseras del templo. La rapidez del endemoniado impedía que los profesores pudieran alcanzarlo. Las alumnas gritaban. Los alumnos, boquiabiertos. Su nombre era Walter, el capitán del equipo de voleibol, un *senior* con cuerpo olímpico. Los demonios tenían buen gusto. El tipo cruzó por el pasillo del medio y se tropezó con el talón de Mr. Estaban, el maestro de educación física. Cayó, se levantó y en calzoncillos siguió por nuestra fila. Brincamos al asiento para que el endemoniando corriera. Wu y Taína ya no reían. Walter pausó al frente mío y no me quitó los ojos de encima. La academia entera se quedó tiesa. Walter también. Mientras me examinaba soltó una sonrisa, como si su organismo conociera el mío, como si reconociera en mí algo oscuro y profundo. Entonces no pude contener el coraje que se apoderó de mis piernas. Le metí una patada. Luego otra. No sé cuántas, pero tuvieron que sacarme el tipo de encima y cuando el endemoniado se viró hacia mí, vi sus labios. La sangre era kétchup vomitado en sus pectorales perfectos.

* * *

Ya en casa la noche era silente. Mami ya sabía. Entré por la puerta directo hasta la cocina.

–Aquí está la comida, sírvanse –cenamos con Chef Boyardee, otra vez.

Mami observaba las losas del suelo y los azulejos de las paredes. Los platos alemanes adornaban las paredes y las ollas de zinc colgaban como pecadores en la horca. Había diseñado aquella casa hasta no dejar una pulgada desnuda y, en aquella cocina de catálogo de Spiegel, se bebió las lágrimas.

–Maro, al nene hay que lavarle los dientes y ponerlo a dormir –ordenó.

–Mami, eso no me toca a mí.

–Maro, a la una... –Maro agarró la mano de Pedrito y subieron al tercer nivel a asearse.

–Tú has visto a alguna vecina pasar por aquí alguna vez, ¿no? –me preguntó Mami mientras me peinaba con los dedos olorosos a Winston–. Si no vamos a la iglesia o a las células, aquí no viene nadie, estamos solos. Necesito tu ayuda Eye, porque estamos solos. Necesito que te calmes. Es obvio que me llamaron para contarme lo que pasó en la academia. Cuando te dije que te ejercitaras, que ladraras y te defendieras no quise decir que le rompieras la cara a patadas a otro nene de la escuela.

–Pero Mami –intenté interrumpir.

–¡Eye, escúchame! –gritó y me haló el pelo. Luego se calmó y continuó su monólogo–. Yo sé que tú me vas a ayudar. Tú sabes que estoy sola, que aquí estamos solos y tu Papá no llega, no llama *collect.* Dame tu mano,

Eyerí. Tú viniste de aquí –al decir esto puso mi mano en su vientre–. Tú viniste de aquí. Que no se te olvide. Por amor a la madre que te parió, no jodas más, estate quieto, no jodas, pórtate bien y órale a Dios para que te tranquilice. Eso que tienes por dentro, la pubertad, las hormonas, lo que sea, cálmalo. Si no, te van a botar de la escuela. Hazlo por mí. Porque tú viniste de aquí, de aquí, de aquí, de aquí, de aquí –dijo el mantra y apuntó a su vientre.

Walter, el endemoniado, al igual que aquellos cuerpos habitados por el enemigo, regresó a la escuela con apenas algunos rasguños que mis zapatos le causaron. En el pasillo yo vagaba como un fantasma invisible entre los estudiantes y, a veces, las maestras me miraban como a los tecatos de la Plaza de Caguas. Mi pupitre en el salón hogar leía "*DEMON SLAYER OR DEMON?*" Quería hacer y deshacer. Reproducir las porquerías que decían los *mix tapes* que escuchaba a oscuras. Quería liberar eso que tenía por dentro. Wu y Taína no se avergonzaban. De hecho, celebraban la fiesta que tenían en la piel. La mía era otra fiesta, quería otros invitados, pero esa verbena solo podía ocurrir bajo la tierra, cerca del azufre.

Una noche la electricidad murió. Todo Caguas, incluyendo nuestro rincón en Certenejas, quedó en penumbra y sonidos nocturnos. Las canciones en mi *walkman* no aplacaban la ansiedad que sentía al ver la noche penetrar mi cuarto. Sentía debajo de la cama a todos los demonios y no había Tony Danza o *Who's the Boss* que valiera. Solo, con ellos.

Temblor. Temor. Deseos de que todo lo que llevaba por dentro pasara. Una pastilla y después dos, pero solo llegué hasta cuatro porque me cagué del miedo y en realidad no quería irme así, tan solo, al otro mundo, con las pastillas de la alergia de Mami. Las tripas empezaron a bailar y sentí la Z del zorro unas 13 veces en el estómago. Vomité por la boca y la nariz y, de camino al baño, dejé una suciedad apestosa que levantó a todo el mundo en la casa.

Media hora más tarde, Mami limpiaba el piso con cloro.

–Esas son pajitas que le caen a la leche –decía con los ojos rojos de quien habla cuando duerme–. Eso son pajitas que caen a la leche. Eso son pajitas, pajitas, pajitas, pajitas, pajitas...

Capítulo 9

Ver a Mami en el piso restregando mi bilis de las losetas italianas me destrozó. Raspaba y raspaba. Eran las tres de la mañana y ella encorvada sobre el vómito. Por mi culpa, por mi gran culpa de pato. Necesitaba un exorcismo. Quitarme el intruso que me obligaba a comportarme así. Me metía el dedo, me casqueteaba, me rascaba la carne de pato y en las noches, luego de la cena, con el cepillo de dientes estimulaba vómitos para perder el exceso de carne que tanto me agobiaba.

Pero, ¿a quién contarle esto? Si nada más con decir pato, casqueta o anorexia, te mandan al siquiátrico. ¿A quién podía confesarle estos pecados sin convertirme en pecador? Como si fuera un milagro, o como si yo mereciera milagros, encontré una solución. Caminando en el Edificio B, me topé con una fotocopia que anunciaba servicios de consejería escolar. *You got problems, we got answers* leía el afiche de letras borrosas bajo el rostro de un hombre de sonrisa medio triste, medio alegre, como la mía. Arranqué la fotocopia y la escondí en la mochila.

Nadie se aventuraba a visitar al consejero en su despacho. Quedaba en un bosque en la colina aledaña al templo. Debía cruzar una maleza espesa, espantando mosquitos y pisando morivivíes. Caminé. Escalé la colina. A medida que ascendía al consultorio, entraba en otra dimensión. El mundo académico de profesores, alumnos, acosos, tetas, tetitas, patos y mariconcitos se difuminaba. Por fuera, el consultorio era una casa de urbanización: un bloque de hormigón y un balcón en terrazo protegido por rejas oxidadas. Un carrillón de viento se balanceaba sobre dos mecedoras en mimbre.

–Jelou –dije, casi suspirando–. Jelou –repetí.

En el pasillo una voz de telepresentador me invitó a entrar.

–¡Wepa, dale, dale, *yes, yes, come in, come in*! Cierra el *screen* que no se metan los zancús.

Con sus dos manos cubrió las mías en un saludo acompañado de una sonrisa tierna y tibia. Rubio, pelo largo hasta los hombros. Jeans percudidos, camisa blanca abotonada hasta el cuello y unos Doc Martens en los pies. Parecía un integrante de Menudo, no el consejero de esta prisión. Tal vez por eso lo tenían exiliado en esta montaña sucia.

–*J.J.* Jota. Jota –repitió. Hasta tenía nombre de *rockstar*.

–Eyerí –dije y pregunté si podía hablar en español.

–En mi oficina, es "Ehpanish".

En el despacho previo a su oficina, que era chiquita, con luz tenue y ventanas a medio abrir, había dos sillones sin estrenar. Las paredes exhibían unas pequeñas pinturas en acuarela. Para apreciarlas había que acercarse y achinar los ojos. En una de ellas vi la silueta de un feto dentro de una amapola púrpura.

Me senté en la penumbra de la oficina. Jota Jota se sentó en una silla giratoria y organizó el desmadre que tenía en el escritorio. Yo me acomodé en una butaca de ratán. Me temblaban hasta los cachetes y Jota Jota se percató de mis nervios.

–¿Tú ves todos esos certificados en la pared?

–Sí.

–Filosofía, filología, semiótica, yoga, pilates, macramé y patinaje sobre hielo. No hay ni un certificado de sicología. Porque no soy doctor. Soy consejero.

–Pues, ¿cómo usted sabe…?

–¿Qué es eso de usted, loco? Tutéame, papi.

–Dale, tú. Tú dejaste una fotocopia en el pasillo del Edificio B y… –no pude terminar. Era imposible apalabrar todo el huracán que me revolcaba las vísceras y el cerebro. No continué. No tenía que hacerlo. Aquellas canicas que tenía por ojos podían leer mi amargura.

–Mira, Eyerí –su silla giratoria se acercó al escritorio–. Uno a veces piensa que una piedra puede derrumbar una montaña. Que un error puede destruir todo lo que construimos. Lo *cool* es que lo que se destruye se puede reconstruir. Cuéntame lo que pasó y vemos.

Me sobó el corazón. Sus palabras penetraban mis pectorales y masajeaban las arterias coronarias. Por supuesto, quería poner las cartas en la mesa. Algunas de esas cartas eran desagradables, tenían cara de gorgona. Presenté una porción de mi pesar. Que Walter se endemonió, que lo pateé hasta romperle los labios, y que yo era un *loser* en una academia de *winners*. Ese fue el Eye que le presenté a Jota Jota. El otro, el endomingado, no. Ese Eye albergaba la fuerza de una oscuridad que me instigaba a saciar deseos y tramar situaciones. Claro que anhelaba la dulce retribución de la transgresión confesada. Pero uno simplemente no puede decir la palabra po-se-í-do. Eso pasa con los hiatos, te hacen parar antes de que la palabra acabe y a veces ni puedes terminarla.

El monólogo de Jota Jota era una copia de carbón del de Mr. C., con la diferencia de que Jota Jota te tomaba las manos, sus ojos traspasaban los tuyos y tú te creías que este hombre, un joven casi como tú, te veía como un ser humano, no como un conjunto de huesos, grasa y masa muscular.

En la segunda visita le confesé de mi envenenamiento. Las pastillas eran drogas y las drogas eran demonios, pero este tipo de diablo era más fácil de exorcizar. Confesé e inmediatamente me arrepentí. Su rostro se añejó, como si se transformara en un padre o un brujo urbano.

–Eye, esto es serio. ¿Cómo pasó?

–Chico, no me hagas contártelo –dije y me encharqué en lágrimas. Jota Jota corrió al otro lado del escritorio y me abrazó.

–Tranqui, tranqui. No es tanto, chico.

Hundí toda mi vergüenza en la cobija de su axila y aspiré ese hermoso ajonjolí de hombre.

Al explicarle que fueron solo cuatro pastillas y que el resto las eché al inodoro, se tranquilizó. No era tonto. Sabía que era un espectáculo, un *tantrum*. Aún así, no me lo echó en cara.

–Tú no quieres hacerte daño, papá –dijo y me despeinó el pelo. Estaba tan cerca de mi rostro–. Tú lo que vas a hacer es encontrarte. Ver cuál versión de Eye tú quieres ser. Y esa es tu tarea. Escríbeme qué es lo que más te gusta de ti y lo que quieres cambiar.

–Dale, Jota Jota –al decir su nombre sentí lirios y golondrinas escapar de mi garganta. Ese gozo que puso Jota Jota en mi alma y el olor a sobaco que dejó en la nariz me duró varias semanas. Intenté visitar el consultorio varias veces, pero Jota Jota estaba ocupado con otros pacientes. Un miércoles toqué la puerta y una vieja en bata de flores me miró de arriba abajo.

–¿Y Jota Jota? –pregunté a la Doña Florinda aquella.

–Está ocupado.

–Sí, pero ya van varias semanas.

–¿Yo te tengo cara de secretaria?

Por lo menos contaba con Wu y Taína, aunque aquellos dos bellacos estaban demasiado pendientes de sus deseos como para preocuparse por mis temores. Si me hubiesen escuchado, si hubiesen dejado de mirarse las tetas y los güevos o si hubiesen dejado de burlarse de los maestros, tal vez no hubiese tocado a la puerta de Jota Jota. Pero mi conciencia me carcomía y debía hablar con alguien, no solo de mi secreto, sino de todas las ansiedades que acumulaba. Las burlas que soportaba en la escuela eran insufribles. Todas las mañanas llegaba a ver el pupitre decorado con *DEMON SLAYER*, *TETÓN*, *RASCAGUEVOS*, sin la diéresis, por supuesto, y yo me preguntaba "¿Coño, el conserje no puede pasarle cloro a esto?". Mi dibujo favorito era de un gordito con cierta semejanza a mí dándoles teta a tres nenes. Una maternidad masculina: otro demonio.

* * *

El viaje misionero de Papi por fin se acabó. Entró a la casa como ladrón en la noche. En una de mis desveladas con Tony Danza, escuché el pestillo de la puerta al final del pasillo, y me paré frente al cuarto matrimonial. Un olor extraño a lavanda, a flores, al agua Florida que usaba mi abuela se esparcía en las paredes. Escuché los murmullos, esos que pueden ser discusiones o reconciliaciones. Como las voces crecían y descendían puse la oreja en la madera. Sus cuerpos se rencontraban bajo las sábanas con los *uys* y *ays* que siempre hacían cuando los cogía en esas desde chiquito. Ahora se colaba un "Santo" y un "Gloria a Dios" cada vez que Papi se encontraba con Dios en las tetas de Mami.

Retrocedí y regresé a mi cama. Dejé a Tony en la pantalla hasta cerrar los párpados. No podía dormir sin Tony o la musiquita aquella con la que empezaba y terminaba *Who's the Boss.* Desperté con aquel sabor a agua Florida en la boca, bajé las escaleras y encontré a Papi con los nenes al hombro y Mami encima de un caldero de olores hirvientes.

–¿Qué esperas, Eye? Vente y saluda a tu pai –dijo Mami y se limpió las manos en el delantal que leía *JESUS IS MY SOUS-CHEF.*

Bajé, caminé. Lento, como las mascotas que se acercan a los amos con cargo de conciencia.

–Estrella, ¿qué le pasa a este? –dijo Papi.

–Eye, dale un abrazo –dijo Mami, y con los ojos me dijo "tu pai no sabe nada, *act normal*". Y yo entendí el mensaje y lo agarré por el cuello y le di un beso.

Papi se echó para atrás y me examinó con ojos de doctor. Se percató de que algo estaba mal. Reconoció el mal que llevaba adentro.

–Eyerí, ¿esta camisa, estos shorts son míos? –dijo y palpó mis brazos y muslos–. Te estás poniendo eslénder.

Subí las escaleras a cambiarme de ropa porque, luego de la lasaña, los amarillos, el postre y la hipocresía, conduciríamos hasta los abuelos y el resto de la gente que quería ver al doctor que había regresado de su misión ecuménica.

Y así fue: abuelos, abuelas, tíos, tías, Boneville, Villa Nueva y Valle Tolima. Pasamos por casa de los Beauchamp, pero no estaban. Regresamos a la casa grande a eso de las diez de la noche. Los nenes estaban hechos leña, pero Papi los despertó.

–No vamos a ningún lugar sin hablar con Papá Dios –sentenció e hicimos un círculo en su cama. Sentí el terrible olor de aquellas pieles que apenas la noche anterior se habían abusado, pero respiré por la boca y dejé que Papi hablara con el Señor.

–Señor, estamos aquí, dándote gracias. No vinimos a pedir, ni a suplicar o a quejarnos de lo que nos falta, o ni tan siquiera a recordar la vida que vivimos antes de llegar a tu templo. Vinimos a dar las gracias. Gracias por la comida de Estrella. Gracias por Estrella. Gracias por el calor de mi familia y la reverencia de mis hijos.

Mi corazón cabalgó. Papi desconocía el descojón que creé en su ausencia. Entonces acompañé a mi padre en su plegaria. Si él decía "¡Gloria a Dios!" yo decía "¡Qué viva Jehová!". Si él decía "Baja, Señor", yo respondía "Del cielo a la tierra". Alzó las manos y yo alcé las mías. Mami abrió los ojos. "Qué lindo te está quedando el show", me reprobaron sus ojos y yo con los míos respondí "Esto no es un show, es supervivencia".

En la casa grande celebramos el triunfo de mi padre sobre aquella enfermedad. Pero Papi aún esperaba el reconocimiento de su pelotón evangélico. Mami nos embutió en ropa de funeral y, en el Taurus perfumado con las ínfulas de mis padres, nos dirigimos al templo. ¡Qué clase de recibimiento le dieron! Diáconos, ujieres, coristas, instrumentistas, hasta los conserjes empujaban a los creyentes del medio para tocar la mano del doctor que vencía al SIDA.

–¡Ay, doctor, usted no sabe cómo yo oraba por usted! Yo decía "Ay, Rey haz una cúpula higiénica para que no le peguen na" –la mujer que emitió tal histriónico enunciado se agarraba el pecho, estrujando el encaje de su vestido fucsia. Los ojos de Mami valían una fortuna. "Sáquenla o la saco por los pelos", parecían gritar. Por fuera Mami era de Cristo, pero por dentro era de Caguas.

Al elevar su estatus a *rockstar* evangélico, Papi se ganó el mejor banco del templo justo al frente del púlpito. Algo distinto ocurrió ese domingo. Sí, como siempre, el templo se colmaba de creyentes, y carteras y trajes de diseñador se paseaban entre las filas. Pero esa mañana, unos camarógrafos montaron equipos enormes para transmitir el culto por televisión.

Pat Robertson y Jimmy Swaggart eran invitados de honor en los hogares puertorriqueños. Por Cable TV o por televisión local. En ocasiones en inglés; en otras, doblado a un castellano imposible de entender. La gente los amaba, eran los embajadores de Estados Unidos en Puerto Rico. El Enviado Spencer no quería quedarse atrás. Sonreía desde *billboards* y en comerciales promovía los *pampers* Chiquichiqui BumBum y los juguetes *Extra Sinner Killers.* Lo que no tenía era un programa, una hora enterita para agarrar a cada puertorriqueño por donde más les gustaba: por la televisión.

En el templo, las cámaras apuntaban al púlpito preparadas para la primera transmisión del pastor. En el mezzanine una cámara lo grabaría desde arriba predicando sobre su inmensa congregación y dos cámaras a cada lado del púlpito obtendrían los mejores ángulos de su traje de alta costura.

Comenzó la alabanza. Desfilaron todos los instrumentos del templo: guitarras, bajos, trompetas, violines y cellos. Parecían multiplicados. En el coro, los vocalistas calentaban sus voces y dos solistas pavoneaban sotanas púrpuras. Los diáconos, ese ejército de guayaberas blancas, custodiaban todos los niveles del templo con ojos de guaraguao. El pianista posó sus manos en las teclas y arrancó con un ritmo de guaguancó.

–*No paro de amar a Jehová, aunque duela amaré a Jehová* –cantaban los creyentes y se entregaban al ritual de gritos, bendiciones y convulsiones espontáneas. Desde los más viejos a los más nenes, todos brincaban y adoraban a Dios, pero en dirección a las cámaras. Si a alguien se le iba la mano adorando, un diácono discretamente le arrancaba la pandereta o lo escondía en el baño.

En la siguiente canción, "Con mi Dios yo saltaré los muros", el ejército de banderas entró al púlpito. Unos veinte hombres, mujeres y niños colmaron el altar con banderas erguidas. Le sacaban sonidos de relámpagos a aquellas banderas de tafetán y la iglesia perecía desmoronarse. Aquel relámpago avisaba que Dios venía por ahí. Con fuego del cielo. Sentí la emoción en los nudillos, en la punta de las uñas. Aunque no quería, bailaba. Me sentía cristiano, aunque no quisiera serlo. El pianista bajó las revoluciones y nos sosegó con una melodía solemne. El espectáculo quedó grabado en las cámaras y pronto llegaría a los televisores de miles de puertorriqueños.

Me viré hacia mis padres. Ambos estaban conectados con el Espíritu. Cerraban los párpados, pero observaban algo fijo en la pared de sus pensamientos. Imaginé que en los párpados de mi padre se proyectaban las imágenes perturbadoras de su viaje. Penes enfermos, testículos deformados, muslos ponzoñosos y rostros desfigurados por la vergüenza de su transgresión sexual, que también era la mía.

La música se detuvo y comenzó el discurso del pastor. El Enviado, vestido en traje azul marino, llevaba el rostro empolvado como se lo empolvaba Mami antes de untarse *lipstick*. No sonreía. No hablaba. Esperaba algún gesto del camarógrafo. Comenzó un discurso con fuego del diafragma, pero tuvo que detenerse al percatarse de que le predicaba a la cámara incorrecta. El camarógrafo a la derecha del púlpito le avisó con su mano y el pastor, avergonzado, comenzó de nuevo.

–Han sucumbido a los placeres del mundo. Han olvidado sus labores de esposo y esposa. *You let the door open and the enemy went right in. You can't have it both ways, baby. The Lord or the world. Which one is it?* ¿Eres blanco o negro? ¿Frío o caliente? Lo tibio lo vomitaré de mi boca.

Jamás sospeché que el pastor comenzaría su primer culto televisado acusando a todo Puerto Rico. Mucho menos pensé que mezclaría el inglés y el español en una isla que no domina ni uno ni el otro. Había fuego detrás de aquellos espejuelos. La melena rubia andaba suelta. La lengua también.

–Tus placeres, pecados y pocavergüenzas han traído la ira del cielo a la tierra puertorriqueña –subió el volumen de su enojo y la voz se multiplicó por los altoparlantes.

Las cámaras consumieron cada respiro de su espectáculo y yo sentí culpa, aunque no hubiera cometido delito alguno. Me tapé las orejas, pero sus palabras ya habían penetrado mis oídos. Rebotaban de un lado al otro dejando moretones en mi cráneo. Pronto me desplomaría al piso. El pastor continuó:

–El Cerro Maravilla, las carpetas, los macheteros, los macheteros terroristas, el viento del cielo, Karl Wallenda en el suelo, fuego, fuego en el Dupont Plaza. Te quemas aquí o te quemas en el infierno. Lydia, Lydia Echevarría, Luisito Vigoreaux, el nene, el hijo de Puerto Rico. Chabacanería, pura chabacanería. Sube, nene, sube. Las vistas, las vistas del Congreso. Sube, nene, sube. La doña de Aeroméxico, comprar, comprar y comprar.

El Enviado Spencer hablaba, gritaba, agitaba el dedo, el jodío dedo del pastor, el jodío dedo del pastor que se metía en el oído hasta llegar a los sesos, destripaba la cabeza, cabrón pastor, qué malos somos, perdón, Dios, perdóname, no lo vuelvo a hacer, no quiero sentirme así, quítame esto de encima, no dejes que me queme, Dios, no dejes que me queme, pastor, ayúdame, ayúdenme, me muero, me quemo, me quemo en la carne de pato, en las grasas de maricón, en estas putas tetas que me han implantado. Putas. Tetas. Putas. Tetas. Tetas. Tetitas. Ya pasó. Dios es amor, Dios es perdón. Ya pasó. Ya pasó. Muevo los dedos, siete veces a la izquierda. Siete a la derecha. Ya pasó. Ya pasó.

Mami y Papi, aún de párpados muertos, se tomaban las manos. El Pastor cerró el sermón invitando a que conocieran a Dios quienes aún no lo conocían y a que regresaran a Dios quienes se habían extraviado. Parecía que todos querían conocerlo o que todos se habían extraviado. La mitad de la congregación se metió al púlpito. Se empujaban, se colaban unos al frente de otros. Luego, en el altar, se entregaban a Jehová y se consagraban con Dios ante las cámaras. Yo no. No delante de mis padres.

Los creyentes que aceptaron a Dios en su corazón se dispersaron. El pulpito quedó desierto. El piano, el coro y la orquesta tocaron, y la gente salió del templo cantando *No hay un saludo más lindo que el saludo del cristiano.* Y se saludaban y besaban, dejando trazos de *lipstick* en los cachetes y sudor en las mejillas.

El pastor, sin llamar la atención, caminó hasta el patio interior del templo. La cámara del primer nivel lo siguió. Ya Mami me halaba por el brazo para salir, pero pude ver al Pastor dirigiéndose otra vez al lente, bajo el tragaluz del jardincito, entre las banderas de Estados Unidos y Puerto Rico. "Avanza que nos vamos pa casa", ordenó Mami. Papi también miraba al pastor entre las dos banderas, bañando en luz.

Capítulo 10

De cada edificio de la academia colgaba un enorme lazo rojo honrando la navidad que se avecinaba. Colocar un guindalejo en esas estructuras decrépitas fue como ponerle *lipstick* a un cerdo. Bajamos de la guagua, Maro a su clase y yo a la mía.

En el pasillo del Edificio B, las paredes pavoneaban afiches navideños de antaño. En uno, un rubio militar con sobrero de Santa Claus y escopeta en mano sonreía bajo la frase *Bringing Joy to the World.* A su lado, otro soldado se inclinaba en reverencia hacia una princesa de Disney con el título *Warrior 4 Princess: Get Your Bounty.*

El tiempo y la polilla habían desgastado el tinte de los afiches. Los modelos debían ser de la edad de mis padres, o peor. No inspiraban sentimientos navideños. Al contrario, sentía que un portal a otra academia se había abierto. Me fijé en otro afiche, este más contemporáneo. Una chica en uniforme sonreía incómodamente. Unos alambres corrían por sus dientes y el pelo cobrizo caía en bucles hasta los hombros. Ojos verdes y mirada cristiana. ¿El título? *Miss Xmas* mil novecientos ochenta y pico.

Taína me explicó que era la Miss de las Misses, una princesa navideña que honraba los valores de la academia. Puerto Rico es un país de Misses. Miss Universe. Miss Mundo. Miss Parguera. Había que parir misses, hasta en la iglesia.

–Tú la ves y piensas que tiene talento, que es gimnasta o batutera, pero, no. Lo que tiene es chavos –Taína miraba al afiche con envidia y reproche.

–La *Miss Xmas* de nuestra academia no necesita dones o talentos –dijo Wu–. Necesita un cojón de pesos.

Wu y Taína botaban humo de rabia. El certamen no era de belleza o de talento. Medía la cuenta bancaria de las familias evangélicas. Los padres dejaban un cheque en la oficina de Mr. C. y presto, *habemus* reina. Las malas lenguas decían que una de las concursantes vendió pasteles de octubre a diciembre para recaudar fondos. La pobre se dio de baja al recibir quejas de que la mitad del estudiantado andaba con diarrea por culpa de sus pasteles envenenados.

* * *

La reina de nuestra casa también quería una navidad digna de su nueva religión. Antes, en la casita de Villa Nueva, adornábamos el árbol con tereques que encontrábamos en cajas del pasado. Ah, y al árbol de la acera le metíamos unos adornos que recortábamos de los cartones de leche Suiza Dairy. "Ni se te ocurra", dijo Mami cuando le mostré un cartón de leche vacío. En aquel año, el árbol de navidad llegaría hasta el cielo. Con guirnaldas doradas, pamelas en miniatura y perfume de popurrí, Mami quería reproducir una versión cagüeña del árbol de Plazas Las Américas.

El sábado que decoramos el árbol, Maro dejó caer una de las esferas de cristal.

–Maro, coge pal cuarto –y el pobre subió con el rabo entre las patas.

Silencio. Mami juraba que Papi necesitaba absoluto silencio. Supuse que Papi luchaba con las cicatrices que su viaje médico le habían dejado. Si cerraba mis ojos, podía ver con los ojos de Papi. Cuerpos, chancros, apéndices, sangre, mucha sangre, gritos, desaliento y sepultura. Ser salvador y ver al mundo morir debe ser la peor encomienda de un ser humano. Pero Papi no era un humano, era un ente privilegiado, un súper cristiano, un soldado divino.

Conseguí hacer otra cita con Jota Jota, el consejero. Se abrió un espacio en su itinerario un jueves. Después de la capilla, subí la colina hasta el consultorio. Añoraba sus manos tibias, los ojos que navegaban por mis coyunturas y el sobaco donde tiernamente me acurrucaba.

Las cosas que le dije no se las dije en el orden que quería. A veces, por más que uno intenta ser coherente, el dolor se escurre por la boca sin son ni ton. Pero si alguien podía entender el código alterado de un chico endemoniado sería él: un consejero del cielo.

–Papi. Papi regresó –le dije–. Está mal porque creo que vio lo que yo vi en sus libros de medicina: gays, pero no solo patos, patos enfermos, patos que él quiso curar y no pudo.

–Al César lo del César y a Dios lo de Dios –respondió Jota Jota. Que dejara a mi padre con su trauma y que yo me encargara del mío. Ese fue su mensaje–. *I have a job for you.*

Esas palabras me brincaron en el pecho. Mientras más pudiera estar alejado del universo de la academia, mejor. Si Jota Jota me necesitaba, yo tenía un rayito de esperanza. Nos sentamos frente al escritorio y el sacó un reguero de papeles de una gaveta. Noté las fotos que adornaban el escritorio. Jota Jota en un crucero. Jota Jota con un trofeo. Jota Jota con Mr. C. en un velero. Jota Jota. Jota Jota. Jota Jota. Me podía perder en la aliteración de su nombre.

–Eyerí. Aquí está –y me mostró un papel con timbrado del Canal 4–. Es un programa de entrevistas. Pa las noticias como la gente importante.

Tragué hondo. Suponía que Jota Jota era la joda, pero jamás hubiese pensado que sería otro cristiano televisado. En Puerto Rico todos queremos ser televisados, transmitidos, envidiados. Si sales en la tele eres o comienzas a ser. Todo el mundo por la tele. *Party. Party Time.* Los tipos en falda y las chicas en mini falda. *"Taxi!" Words Four Two* y yo bailo así. Era envidia a Jota Jota lo que me bajaba por la garganta hasta que dijo: "Te necesito, Eye, te necesito".

El especial periodístico era sobre suicidio infantil. Cientos de jóvenes se despedían de sus vidas luego de escuchar a Judas Priest y Ozzy Osbourne. Jota Jota asumía que mi anécdota se asimilaba a la de los chicos que sí se tragaban las pastillas o apretaban el gatillo. No lo era, pero yo estaría en la santa tele. *Party Time.* Yo bailo así. Asentí.

–Sí, Jota Jota. Tú me dices.

Cometo siempre el mismo error. Digo que sí sin pensar las cosas. "Usa el sentido común" repetía Mami, pero yo nací sin eso. Digo que sí, porque nunca nadie me pregunta. Y dije que sí y después me cagué encima. ¿Cómo coño le iba a decir a Papi? ¿Que saldría en un reportaje de suicidios infantiles? Ignoré ese sentido común, ese angelito blanco que dice, "Maricón, te van a partir la boca". Por suerte en esos días Papi accedía a todo. "Sí, te llevo al cine de Plaza. Sí, te compro un *walkman* Sony". Entonces ahí le planté la mentira. Que quería ser parte del comité organizador de *Miss Xmas*. Que era una cosa del noveno grado y que, si no lo hacía, no me daban crédito en la clase de religión. Él se comió el embuste. Tenía hambre. Tanta hambre como yo.

El sábado que me dejó en la academia para la grabación del episodio ni se inmutó al ver los pocos carros que ocupaban el estacionamiento. Salí. Me despedí y subí la colina.

–*Good luck!* –me gritó y me bajó la culpa agria por el esófago.

En el consultorio me encontré con una chica rubia, de ojeras pronunciadas. Miraba al suelo mientras el equipo periodístico se acomodaba en el palo de ceiba aledaño a la oficina. Jota Jota me había prometido que nos distorsionarían la voz y el rostro como le hacían a los cacos y Los Ñetas cuando aparecían en entrevistas. Nadie nos reconocería.

En el despacho, Jota Jota se miraba en el espejo mientras una mujer le empolvaba el rostro. Tomé un paso atrás para observar lo que Jota Jota llevaba puesto. Un traje con chaleco y corbatín. Ya no era Jota Jota. Era otro. Me acerqué, pero la maquillista se interpuso entre nosotros y la nube de polvo siguió creciendo encima de mi consejero.

Escuché otros pasos en el pasillo. Al voltearme, una mujer con vestido negro y ojos dormidos me saludó. Esmeralda era la madre de la joven que también entrevistarían esa mañana. En pocos minutos, su hija Ivelisse y yo entraríamos en el recuadro de las cámaras. Confesaríamos a todo Puerto Rico nuestras maquinaciones suicidas. Las mías habían sido puros fantoches diseñados para llamar la atención. Era un pendejo de 13 años. Aún lo soy, bien pendejo.

Pese a mi rostro de desinterés, Doña Esmeralda insistió en darme detalles de la tragedia de su hija. Se vistió de memorias y lágrimas. La nena envenenada. Las 21 pastillas. La ambulancia. La sala de emergencias y el aparato que le insertaron por la boca para sacarle las pastillas con una pompa de bicicleta.

–Verla así, tú sabes con todos esos tubos en la boca y la nariz. Ah, mira, Dios reprenda, pero mírala. Ya casi está como nueva. Una muñequita de porcelana –Esmeralda haló con fuerza el pelo de su hija al peinarla.

–Puñeta, Mami –protestó la muñeca de porcelana.

–Sí. Di todas las porquerías ahora antes de salir en cámara, ¿oíste? –la madre ahora le untaba un *lipstick* púrpura en los labios.

Doña Esmeralda me invitó a contemplar desde lejos la entrevista de su hija. Desde el umbral de la puerta observamos la escena que se iba montando frente a la cámara de grabación. Ivelisse contestaba preguntas en el columpio y su cabellera rubia escondía su identidad. El micrófono de la reportera viajaba entre su boca y el cabello de la niña, y el camarógrafo las rodeaba para capturar el espectáculo. El viento levantó hojas secas, hizo un remolino frente al columpio y arropó tiernamente a la niña sobreviviente de suicidio. El camarógrafo captó cada suspiro con su enorme lente. Doña Esmeralda vio el milagro de las hojas, se volteó y me dijo:

—¡Quien no crea en los milagros es un cabrón!

Yo oré. "Dios, si tú quieres un milagro para mí, dame una señal. Levanta hojas, tira rayos, escupe truenos, pero dime algo. No hay retroceso. Luego de entrar al lente, no hay marcha atrás".

Jota Jota en su atuendo idiota me hizo señas. Había llegado mi turno.

Me encontré con la reportera en el árbol de ceiba. Cabello de un rojo imposible. La fuerza labial de aquella boca estaba hecha para arrancar verdades. Me colocó de espaldas a la cámara y así aparecería en televisión: contrito, humillado y con mi identidad escondida. No podía verla, pero sí sentía su cuerpo a mis espaldas, un espectro periodístico listo para extraer secretos.

Dio una larga introducción del mal que acogía a la juventud puertorriqueña: suicidio, música rock, drogas, alcohol, *underage drinking,* embarazo juvenil, pastillas, pistolas, Dios, Dios es amor, Dios es perdón. Y aquí tenemos un ejemplo de ese perdón de Dios, de esa segunda oportunidad. ¿Qué fue nene? ¿drogas, tú usas drogas, fue el rock, te gusta la música satánica? ¿Y tus papás? ¿Dónde estaban tus papás? ¿Y hoy, le das gracias a la vida que te ha dado tanto?

La retahíla de preguntas se impregnó en mí como tatuajes. Estaba marcado. Estaba fichado. Un delincuente más. No pude responder y la respiración honda de la reportera indicaba que perdía la paciencia. Oré en silencio "Dios por favor, si esto no es lo que tú quieres, envía rayos, centellas algo que me saque de este palo de ceiba y me lleve a Certenejas". Silencio. La reportera paró de insistir.

Al voltearme, vi que la pobre se había encorvado. Se manoteaba piernas y pechos. Sus ojos verdes suplicaban ayuda. Las extremidades le temblaban y yo juraba que el gran poder de Dios le había metido un diablo o un ángel para salvarme de aquella desgracia.

–¡CARMELO, CARMELO! –le gritaba al camarógrafo.

Carmelo la abrazó y la sacó del lodazal frente al palo. Jota Jota corrió, se quitó el sombrero inglés y entre los dos empezaron a darle manotazos en las batatas, muslos y brazos.

–¡¡SÁCAMELA, SÁQUENMELAS!! –pero por más que gritaba las hormigas seguían trepándosele por todas las extremidades y eran del tamaño de mis manos. Jota Jota y Carmelo tuvieron que desnudarla. Le quitaron el traje entero, y la mujer en pantis y brasier se abrazaba las tetas para cuidarse. El consejero y el camarógrafo no sabían qué más hacer por ella. Las hormigas seguían su curso por la blancura de su piel.

Estaban encajonadas, las hormigas. Rojas y endemoniadas.

CAPÍTULO 11

Los trapos sucios se quedan en la casa. No en casa del vecino. Así decía Mami. Yo, por supuesto, rompí la regla sagrada y mostré las entrañas de la casa por televisión. Bueno, casi. Buen castigo me tocó. Mis padres me enviaron a un retiro espiritual en Maunabo. No sabía dónde quedaba ese pueblo. Pero, para pueblos, ya bastaba con la mierda de Caguas y el culo de Certenejas. La despedida de mis padres careció de abrazos. En el umbral de la puerta quedaron congelados como el retrato de la Familia Adams. Maro y Pedrito se escondieron detrás de los muslos de mi madre. Sus ojos temblorosos le temían al hermano endemoniado que destruyó las navidades y le volvió a poner cigarrillos en la boca a su mamá.

Fuimos en autobús hasta las sínsoras. La guagua era una lata de galletas Export Soda con ruedas y con cada curva se nos revolvían las tripas. Dentro del bus nos batíamos unas veinticinco personas. Compartíamos la condena de algún agravio inconfesable. Una niña fue la primera en devolver entre sus piernas y el jugo gástrico se esparció por el metal corroído del piso.

–¡Me cachindei, ñoña, vuatener que pará en lo oscuro pa limpiá esta mielda ahora! ¡ÑOÑA, ÑOÑA, ÑOÑA! –el conductor se levantó y arrastró su panza hasta donde estaba la niña–. ¡MIRA!¡ÑOÑA, ÑOÑA, ÑOÑA!

La pobre intentó pedir disculpas, pero la palabra "perdón" se vertió en vomito verde.

–¡ÑOÑA, ÑOÑA, ÑOÑA!

Una niña y luego otra, hasta que un puñado de jóvenes bautizaron el bus con su bilis.

El conductor abrió todas las ventanas y continuó masticando "¡ÑOÑA ÑOÑA ÑOÑA!". En el silencio montañoso escuché el coro de coquíes aumentar sus decibeles mientras las luces en la distancia parpadeaban como ojos sonámbulos en el matorral.

Afortunadamente, mi compañero de asiento no tuvo problemas estomacales. Lo miré. Apenas pude calcar la silueta de su rostro, pero noté la gordura de los labios. Quise decirle algo porque decir algo sería escucharme, escucharlo a él, romper el silencio con algún gesto de bondad. Abrí la boca. No salió nada. La conciencia me cobraba ese pecadito mortal que me había llevado allí. Preferí la penitencia en silencio.

¿Quién me manda a meter las patas? Nadie me obligó a ir a la televisión a despepitar mis problemas familiares. En realidad, era mi culpa, coño. Por mi culpa, casi acabo en las noticias. Por mi culpa, mi mamá fumaba. Por mi culpa, mi padre hirió a

Jota Jota. Por mi culpa. Por mi culpa. Por gran puta culpa de pato.

A mi padre lo arrestaron. Pobre. Como a un criminal de caserío. Pero antes de que se lo llevaran los biombos azules, invadió los predios del Canal 4. Se metió en un cuarto de producción y exigió hablar con el mandamás. "¿Que qué carajo se creían? Que él era el padre de ese muchachito". Gritó y gritó hasta que eliminaron mi entrevista del noticiario y nunca conocí la fama.

Ahora me dirigía a aquel retiro en Maunabo. ¿Dónde era Maunabo? No había prestado atención a las clases de geografía, pero no importaba. Era mierda porque todo el campo es mierda y nos hundíamos más en su espesura.

El bus se estacionó al final de una calle oscura protegida por las ramas de unos flamboyanes. El miedo que infundió la oscuridad despejó el otro miedo, el del alma perdida. El conductor encendió un cigarro y lo seguimos hasta un edificio oculto entre la maleza. Los vomitados caminaban cabizbajos y el resto empujábamos las piedritas que nos mostraban el camino al edificio. La mujer que nos recibió expedía un olor a condimentos, a manos enterradas en carnes y especias. Traje blanco, vaporoso, con un cinturón en charol. Rubia de pelo corto y ojos azules.

–¡HOLA! –su voz de quinceañera nos dio un shock de electricidad–. ¡Pasen, pasen! –repitió con un entusiasmo televisivo. Sin duda era una versión cristiana de la vedette infantil Xuxa.

Por dentro, el edificio no era el desastre que imaginaba. En el vestíbulo, una escalera de hierro en espiral conducía a otro piso y una lámpara en forma de piña colgaba encima de una mesa con patas que simulaban las garras de alguna bestia. Cruzamos un pasillo hasta llegar a una cancha bajo un techo de cristal. Boquiabiertos, nos miramos unos a otros.

–Vengo enseguidita, que tengo que buscar a Axl –las palabras de la anfitriona olían a pasta de guayaba.

La flora espesa se mecía tras las ventanas de aquel gimnasio. El viento y el mar conversaban en voz alta como adultos que no se ponen de acuerdo. Le temía a los diablos que rondaban por estas zonas. Los pastores insistían en que el mundo fuera de "El Señor" estaba plagado de fieras, y me preguntaba qué bestias acechaban nuestra periferia. Hacía un frío húmedo y ahogado. Por lo menos, yo vestía un suéter de los que usaba en Certenejas, pero había jóvenes allí en *T-shirts* y cortos meándose del frío. Algunos jóvenes peleaban con el llanto. Otros habían perdido la batalla con la tristeza. Soltaban sollozos que se dispersaban en ecos en la cúpula del techo.

–A mí estas cosas me ponen bien nervioso, en verdad –dijo un gordito más gordito que yo y sus tetitas sí parecían de mujer.

La Xuxa puertorriqueña regresó al salón de la mano de un joven trigueño. El tipo era una bestia.

Músculos sobre músculos. Brazos de Arnold Schwarzenegger y muslos de Hulk. Unos cortos apenas cubrían sus pantorrillas aceitosas y su camisilla exhibía las palabras *I LIFT FOR JESUS* entre tetillas afeitadas. Tras rascar el sueño de los ojos, nos miró por varios segundos y, de la nada, comenzó a aplaudir. Uno. Otro aplauso. El terror caló aún más hondo en los participantes y Xuxa colocó la mano en su hombro.

–¡Rosina, tú sabes que no me gusta que manden a callar! –su voz sí era la de Hulk, honda, agrietada.

–OK, OK, OK –Xuxa mostraba dientes perfectos.

–Los aplaudo porque llegaron hasta acá, a la guarida. Todo esto es de ustedes, son ganadores, *winners, ¡WINNERS!* –dijo con ojos rojos y enfurecidos–. Vamos a ganar. ¿Saben cómo lo sé? Yo soy ganador. Antes de entregarle mi vida a Cristo, se la entregué al cuadrilátero. Seguro que recuerdan esta cara. Este era el rostro del terror. El terror de la lucha libre. Yo le hacía la dormilona a Carlitos Colón, pero ahora le doy picada de ojo al Diablo. Detrás de esas paredes está el mundo, el mundo que tanto mal les hizo. Aquí no. Aquí vive Dios. Aquí vive el Señor y en los próximos días vamos a olvidar el mundo y volver a conectar con ese Dios. Eso es todo. *Do not be afraid.* Mañana tempranito. Vacilón. *Party*. Chicle. Dorito. Conexión con Cristo. *Yeah!*

Xuxa se llevó a las chicas a su cuarto y nosotros los varones seguimos a Axl hasta el nuestro.

Aún en la oscuridad percibí las dimensiones del cuarto. Literas y más literas. Olor a ajonjolí y tierra, el olor de los sobacos antes de apestar. Con una linterna, Axl alumbró las literas disponibles y nos deslizamos como salamandras en los catres. Subí a la litera superior y me escondí bajo la frisa. En la entrada me habían confiscado el *walkman*. ¿Cómo pretendía Axl que durmiera sin los murmullos del rock? Intenté dormir, pero el olor a líquido gástrico se había quedado en mi nariz. Lloré con la cara en la almohada y recordé cómo había pasado la noche de Navidades en la casa grande. Los nenes lloraron porque a Mami no le había dado tiempo a comprar los regalos en Plaza y Papi estuvo a punto de cruzarme la quijada. Rompí las Navidades. Y ahora estaba aquí solo sin *walkman*. Por mi culpa. Por mi gran culpa. Por mi gran culpa de maricón.

En la mañana Axl nos despertó de forma abrupta. Llamaba nuestros nombres uno a uno: Ricardo, Estaban, Carlos, Sebastián… cada nombre cargaba el sonido de un puño en la boca. Axl pavoneaba su atletismo al caminar entre las literas. Sus bíceps, muslos y pantorrillas eran apéndices de cortos ceñidos. Ahora la camisilla leía *SWEAT IS FAT CRYING*. Los varones se desenrollaban de las sábanas y asomaban sus cabezas para observar el contenido del cuarto. Éramos desconocidos, pero reconocíamos en el otro la transgresión que nos había llevado allí. Sentí las losetas heladas de camino al baño y allí, frente a los espejos nublados, nos cepillamos los dientes mientras nos ligábamos el uno al otro con el rabo del ojo.

Metí la cabeza en un suéter negro con el logo de Bora Bora, una marca de ropa para *surfers*. Mi madre había comprado varias piezas en Plaza del Carmen con la esperanza de que algún día luciera como alguno de aquellos rubios. Embutí los muslos en las bermudas azul marino con el diseño de olas espumosas. Los otros chicos perdían la timidez. Se presentaban unos a otros y se admiraban las Nikes y Adidas. Mi compañero de litera aún no me saludaba. Alto, delgado, nariz aguda y cejas gruesas: una versión boricua de Perseo.

Caminamos en fila al gimnasio bajo techo que había sido transformado en cafetería. Los bancos rebosaban con jóvenes de cuanta congregación había en la Isla: menonitas, catacumbas, wesleyanos, presbiterianos, episcopales, hasta católicos progresivos. Los pentecostales saltaban a la vista por su ropa de abuelito y aquellos ojos de ira y juicio.

Mi compañero de litera se sentó a mi derecha. No era tan tímido como había supuesto. Se metió un pedazo de pan en la boca y me ofreció el otro con la mano.

–Gracias.

–De nada, pai. Esto está cabrón ¿verdad?

–¿Qué?

–¿Cómo que qué? Abdullah de Butcher allí con las tetas por fuera. Y la otra que se parece a la pendeja esta que sale en televisión. ¿Cómo se llama? ¿La de los paquitos y las paquitas?

–Xuxa.

–Eso, coño, Xuxa. Esa cabrona es la pura Xuxa.

–Shhh, baja la voz.

–Bróder y la peste de anoche. Ese cuarto huele a culo.

–Shhh –lo regañé otra vez y me tragué su risa y la mía.

–¿De dónde eres?

–De Caguas, del sector Certenejas.

–Yo soy de Carolina. Pai, tú me caes bien, ¿cómo te llamas?

–Eyerí.

–¿Cómo? Eso no es una palabra. Eso es un garabato. Te voy a decir Atari.

–¿Y tú?

–Anaudi, mira, es como el carro, pero en vez de Audi, AN-AU-DI,.

En la bandeja solo quedaban media tocineta y un poquitín de revoltillo. Anaudi no paraba de hablar. Carros, casetes, Carolina, jevas, chinos, las jevas que se comía, la blanca que güelía y la maldita perra que lo llevó hasta esa cárcel de Maunabo.

–Loco, el guardia nos alumbró el Toyota. Y yo con los ojos cerrados y la tipa con la boca abierta. Llegó con los brasieres enfagaos cuando la sacaron del Morro. Yo fichao. ¿Qué carajo sabía yo que la nena era de quince? Mi pai es pastor, tú sabes. Era la cárcel de Carolina o la cárcel de Maunabo. Atari, ¿y tú? ¿Cómo la cagaste para llegar aquí?

En ese momento nos interrumpieron las presencias atléticas de Xuxa y Axl. Erguidos, sin hablar, lograron que el salón quedara mudo. No tuve que confesarle a Anaudi mi pecado.

–*Do you know why your parents sent you here?* ¿Saben por qué? No fue para castigarlos, regañarlos, humillarlos, hacerlos sentir mal. ¡No! *On the contrary. You're here because you're winners. There is a winner in you* –Axl hablaba con la confianza de un vendedor de Amway, en dos idiomas. La melodía que tarareaba la Xuxa puertorriqueña era marítima, de sirenita y bailaba dentro de su ajustado traje de lentejuelas rojas. Cargaba dos pompones purpura de *cheerleader*.

–*You see, you have made it here because you have been chosen for purification. The Lord above saw potential in you* y dijo, *you know what?* Ese nene y esa nena son pa mí. Pero hay que purificarlos, *we have to purify them.* El tarareo de Xuxa ahora fluía a capela por las esquinas del gimnasio.

–*And you are here* –dijo Axl.

–Ahora estás aquí –tradujo Xuxa.

–*Because you're a winner.*

–Porque son *winners.*

–*You are the champions, my friends* –dijo Axl, alzando su voz.

–Ustedes son los championes de mis amigos –dijo Xuxa. Con los ojos, Axl la amonestó por su traducción incorrecta. Anaudi y yo, otra vez, nos tragamos las risas.

Los diez ujieres que marcharon hasta nuestros bancos eran jovencitos y mansitos, como ovejas. Sonreían mientras nos indicaban con las manos hacia dónde iríamos. Los nenes con los nenes y las nenas con las nenas. A los varones nos llevaron a un salón escolar, salvo que allí no había ni un libro. En las paredes había cuadros de Axl con otros varones disfrutando del sol en lo que supuse eran las playas de Maunabo. En una foto, Axl mostraba dientes con *bracers*. Aquella era otra sonrisa, llevaba en los labios el miedo que nosotros teníamos ahora.

Ocupamos los pupitres intentando no hacer mucho ruido. Las luces fluorescentes nos comieron la vista. En algunos minutos entenderíamos qué era un retiro espiritual. La verdad que hasta ese momento no nos parecía nada mal. Comida gratis. Playa. Sol. Un gimnasio con cúpula de cristal. Candelabros. El retiro espiritual era como unas vacaciones en El Hotel San Juan. Pero en aquel cuarto, bajo aquellas luces parpadeantes, entrábamos a una escena de *The Twilight Zone*. Se me revolvían las tripas y la entrepierna se me asaba por ese olor a ajonjolí que hacía nudos en mi nariz.

El primer ejercicio espiritual al que nos sometieron fue una prédica sobre ángeles. Una ministra llamada Mariel predicó sobre esos seres que le hacen los mandados a Dios y dan la cara por nosotros frente al diablo.

–¡Guardaespaldas! –repetía–. Te siguen por todos lados.

Al decir esto mi memoria tuvo un corto circuito. Chispas brincaron en mis pupilas y por un microsegundo me transporté al día que dos visitantes misteriosos llegaron a casa. Fede y el padre. Los *runaways* de la ley. Sí, los que también se sentían perseguidos, pero por otras fuerzas. Fede y su padre eran vigilados por otros entes: federales, diabólicos, ¿qué se yo? Pero, y ¿por qué a nosotros nos vigilaba Dios y a ellos la policía?

Minister Mariel, en inglés, porque insistió que la llamáramos así, continuó. Batía las alas púrpuras de su túnica–. Así eran los ángeles –decía–. Voladores, *elegant,* omnipresentes –Minister Mariel quería ser ángel, pero no llegaba ni a murciélago.

–Aquí tengo algo maravilloso. ¡Ay, ustedes no saben, porque son jóvenes, pero aquí está! –dijo y le dio una palmada a un álbum de fotos.

–*Let me share a story.* Una mañana fui a la oficina, como hago todos los días, porque soy doctora, y tenía que llegar a ver un paciente, pero esa mañana tenía prisa porque la noche anterior me quedé despierta con las nenas haciendo la tarea. *Hallelujah. Praise the Lord,* y ustedes no saben lo que pasó. Salí corriendo en mi Mercedes Benz, porque Dios es grande y generoso, y llegué a la oficina y dije "*OH MY GOD, I FORGOT TO UNPLUG* LA PLANCHA!". No había desenchufado la dichosa plancha. ¿Pueden creerlo? Pues yo no podía dejar a la paciente, pero la despaché enseguida y salí en mi Mercedes Benz, porque Dios en grande y generoso, como una loca por la autopista y llegué a casa. Subí al segundo piso y allí estaba la plancha, en una esquina, recogida. No sólo eso: el cuarto estaba recogido. La cama estaba hecha, las sabanas dobladas y la ropa en el clóset. Un milagro, saben. DIOS. No solo protegió mi hogar de un fuego, sino que envió ángeles para me plancharan la ropa y me recogieran el cuarto. *HALLELUJAH, GOD IS GREAT. God is always watching you. He even does your laundry.* ¡Ni tuve que llamar a la dominicanita pa que me limpiara esa semana!

Minister Mariel testificaba entre pequeños sollozos y sacó una foto del álbum que sostenía.

–Miren, yo saqué una foto del cuarto esa misma mañana, y miren lo que está detrás de la pared del baño.

Anaudi y yo nos acercamos a ver la foto del cuarto de la doctora. Regio, cama *king size*, vestida de lino blanco. La plancha en una esquina, desenchufada. Al lado de la cama, detrás de la puerta que daba al baño allí estaba. En verdad que no se podía negar. Era una silueta bastante clara: un rostro, cuello y dos alas tendidas como de golondrina. El ángel doméstico de Minister Mariel.

Los ujieres comenzaron a alabar a Dios y Xuxa entonó otra vez la melodía marítima. El cuarto tronó con "¡GLORIA A DIOS!" y "¡LOS ANGELES LIMPIAN!". Los ujieres se unieron al gemido colectivo hasta que todos estaban clamando, llorando y alzando los brazos. Alguien disminuyó la intensidad de las bombillas y casi quedamos a oscuras.

–*You see. He's got eyes!* –gritó Minister Mariel–. Él tiene ojos, muchos ojos, y ve lo que estás haciendo. Jesús te cuida. Jesús te vela. *Jesus sends his angels to guide you. They're right here with you.*

Minister Mariel subió el volumen de voz y caminó entre las alabanzas de los ujieres.

–¡GLORIA AL SEÑOR, VIVA LA GLORIA, ¡MANOS A LA OBRA! ¡GLORIA AL SEÑOR, VIVA LA GLORIA, ¡MANOS A LA OBRA! –gritaban. Minister Mariel se detuvo un momento y sus ojos indicaban que había visto algo dentro de la oscuridad, detrás de aquella pared invisible entre el mundo y los espíritus.

–*THEY ARE RIGHT HERE!* –gritó con manos dobladas en forma de garras–. *THEY'RE RIGHT HERE AND THEY'RE WITH YOU!*

Los ujieres rodearon a la ministra y repitieron a coro–. ¡LOS ANGELES HAN LLEGADO! ¡LOS ANGELES ESTÁN JUNTO A TI! *THE ANGELS HAVE ARRIVED! THEY'RE STANDING NEXT TO YOU!*

Xuxa sonreía y tarareaba.

Al regresar el ardor de las bombillas me percaté de que Anaudi y yo estábamos abrazados. Nos separamos. Minister Mariel, Xuxa y los ujieres estaban arrodillados con sus pechos en el suelo. "*They're here, they're here*", murmuraban. La ministra se levantó con la ayuda de dos ujieres. Abrió los ojos, observó al salón con nuevos ojos y masculló palabras inaudibles mientras miraba a la gente como si buscara algo perdido.

–Cada uno, cada uno de ustedes tiene un ángel. Dios les ha enviado un ángel. Usted saldrá de aquí acompañado y nunca estará solo. ¿Escuchó? *You. Here*. Ahora alguien lo acompaña y lo vela.

A la hora del almuerzo nos permitieron caminar por los predios y ver el mar Caribe que se asomaba bajo una sombra de nubes gordas. El viento halaba el cabello de las niñas como si quisiera obsequiárselas al mar. Bajamos a orilla de la playa y vi la cantidad de gente que éramos. Éramos tantos mirando al mar, con una esperanza que no teníamos antes de llegar. Tal vez porque ahora no estaríamos solos, viviríamos vigilados. O tal vez porque frente al mar sentíamos que algo nuestro desaparecía para no volver.

Cuando tenía siete años, mi papá nos sorprendió con boletos de viaje para ir a Disney World. Ni me acuerdo cómo, no solo porque mi papá odiaba Orlando sino porque a menudo se cantaba pelao. Pero fuimos a Orlando, por amor a nuestro padre y deseo por el ratón pitiyanki. Una de las primeras aventuras fue una casa embrujada donde paseamos en un trencito que recorría por salones, escaleras y cuartos. Al final del paseo, nuestro vagón se detuvo frente a un espejo y en el reflejo a nuestro lado resplandecía la silueta de un ente fantasmagórico. Una voz recitó: "Vayan en paz con este regalo de Mickey

Mouse. Este fantasmita que los seguirá hasta el fin de los días".

Antes de dormir, entramos al vestidor de varones y cada uno fue quitándose prendas de ropa hasta caminar desnudo a la niebla de las duchas compartidas. Vi a Anaudi desparecerse en el humo caliente. Su piel trigueña. Sus abdominales, cóncavos como deben ser. De la masa de humo ardiente se escapaban brazos, codos, pies, muslos y cabezas. Daniel y los tres panas en el horno. Recordé la parábola bíblica. Eran inmunes al fuego, inmunes a los demonios que habitan en la piel.

En la ducha colectiva se formaba otra nube verde y espesa, un cielo arriba del cielo. Una niebla de ajonjolí que solo mis ojos veían. Esperé que salieran y secaran sus extremidades desnudas. No pude insertar mi cuerpo imperfecto en aquella niebla de varones. Pero respiré el aire espeso e inhalé el pecado en el pecho. Sentí que estallaba en pedacitos de pato, esparcidos por todo el suelo. Me convertía en una sopa de perdición, un vómito tóxico.

¿Qué coño me haría esa noche sin mi *walkman*, sin la cajita del diablo que disipaba mis miedos? Como alternativa, usé mi imaginación. Reconstruí los videos musicales que apreciaba en el Pizza Hut de la Avenida de Diego. *Pour Some Sugar on Me*, *Dude Looks Like a Lady* y *Thriller*. Los veía, los escuchaba y, poco a poco, me arropaba el sueño. Un miedo repentino me abrió los ojos. Mi litera comenzó a temblar y juré que un sismo nacía en las entrañas de la tierra. En la oscuridad me asomé para pedirle auxilio a Anaudi, pero antes de decir su nombre, vi lo que hacía. No era un terremoto. El diablo no meneaba la litera. Anaudi agitaba la mano derecha bajo sábanas y apretaba los párpados hasta perder la vista. No le importaba que el ángel que le asignaron lo observara. Su ángel y yo velamos a Anaudi hasta que estalló encima de sus abdominales trigueños. Mi ángel estaba frente a mí, en el techo, como el reflejo en un espejo. Mi ángel. Mío.

* * *

En la mañana, los ujieres encendieron las luces y dieron palmadas en el costado de las literas. Poco a poco brincamos y arrastramos la morriña al baño. Axl, con olor a recién bañado, marchaba entre las literas dando órdenes y recitando frases. "*This is the way Jesus likes it. Yes, yes, winners rise with the sun of God.* Al que madruga Dios lo ayuda". Se detuvo al lado de Anaudi y lo amonestó con la mirada. Luego, continuó a los baños y esperó a que los jóvenes entraran uno a uno a las duchas compartidas.

–Alábalo, que él vive. Bendito sea el nombre de Jesús. Lávense bien las bolas.

En el comedor, me senté y dejé un espacio para Anaudi. El concierto de cuchillos y tenedores hacía ecos en la cúpula de cristal y afuera persistían los aullidos del mar. Ese era el mundo, ¿no? ¿Todo lo que estaba afuera y podía desmembrarnos, hacernos trizas? El mundo consistía de eso: la intemperie. Dentro de aquel gimnasio vivían Dios y su rebaño. Quería ser parte del rebaño. Quería ser espíritu, ángeles, glorias a dioses y aleluyas. Sentí el aleteo de mariposas estomacales que anunciaban mi emoción por el Señor Jesús. Por fin me acercaba a la apoteosis de su presencia. Las mariposas en mis entrañas se alborotaron más y rebotaron en las paredes del estómago. No por Jesús sino por otro: un hombre, el vecino de la litera, que se acercaba y me sonreía con aquella mandíbula griega.

–¡Mira quién está ahí! El gran Atari. Gracias por guardarme el asiento, papi –dijo. Juraba que iba a salir una colmena de mariposas por mi boca–. Loco, esto es una mierda. Anoche tuve una idea. ¿Quieres que te cuente? Esta noche nos vamos pa la playa, a tirarnos al agua.

–Anormal, ¿tú estás tostao? ¿Pero, y si nos cogen?

–Si nos cogen, ¿qué, Atari? ¿Qué? ¿Nos van a castigar? Si aquí no están los pais. Que se joda esta mierda de acostarse temprano, levantarse temprano, oración por aquí, ángeles por allá. Vamos pa la playa, Atari. Vente. Escápate conmigo. Además el pendejito de Axl, me la mama y Xuxa me la chupa.

–Shhh –le ordené, pero me mondé de la risa.

–Si no dices que sí, grito.

–¡Para!

–Te lo juro que grito como Michael Jackson.

–Cabrón, dale. Vamos. Nos escapamos.

–Eso, Atari, eso eh, pa que te salgan pelos en el pipí.

Al acabar el desayuno nos enviaron a un cuarto en el sótano de otro edificio.

–Puñeta, esto huele a abombao –dijo uno.

–A chihuahua mojao –añadió otro.

El olor era una cosa. El frío era otra. Aquel salón interminable de luces fluorescentes vibraba con el frío de un acondicionador de aire industrial. Rechinábamos los dientes, y algunos se aguantaban los pingos para no mearse encima.

–Nos vamos a congelar –se quejó un pelirrojo–. Alguien busque a Axl, *please*.

–Bendito sea Dios, pero si tú estás temblando –dijo Anaudi y frotó sus manos enormes en mis brazos y yo sin reservas escondí mi cráneo en su axila tibia.

Axl entró y con ojos rojos ordenó que nos separáramos. Se paseó entre los varones y con cada paso trazaba divisiones entre cada uno de nosotros.

–Tú, vete atrás –le ordenó a Anaudi, quien alejó su piel tibia y desfiló hasta el otro lado del salón.

Desde un pequeño púlpito Axl se dirigió a nosotros con voz de *coach* de baloncesto.

–*It's simple. Today's excercise*. Es un ejercicio de fe. Si ustedes creen en Dios, ustedes creen en mí. El gran Dios que me sacó del cuadrilátero para ponerme en el altar es un Dios compasivo. ¿Están listos para sentir la compasión de Dios? Repito. *ARE YOU READY TO RECEIVE* LA COMPASIÓN? *Let me explain.*

Esto se llama un *Cohen Hold.* Y ahora comienza una demonstración.

Axl se sentó en un sofá en el altar, abrió las piernas y derramó los muslos.

–Vente, Guille –le dijo a uno de los ujieres.

Guille, mansito, dejó caer su cuerpo sobre la falda musculosa de Axl. Se viró y quedó mirando al exluchador como un crío mira a su madre. Axl abrazó su torso y lo acercó hacia su mirada. Lo meció hasta que Guille quedó dormido en sus brazos. En aquella voz de trueno, Axl dijo la siguiente oración:

–*OH, LORD, JESUS DE KING! The powerful fighter, the ultimate fighter, send your love.* Envíale amor a este, tu siervo, a través de mis bíceps. Que mis tríceps abracen sus miedos y que mis pectorales le den valor. Dale, oh Dios, abdominales cristianos. Muslos dignos y pantorrillas reverentes. Pies que corran solo hacia ti, Señor.

El resto de los ujieres tarareaba la melodía marítima de Xuxa y los chicos se tragaban los comentarios y dudas que ardían en sus bocas. ¿Quién iba a retar a esa fiera atlética?

Busqué a Anaudi al final de fila, pero estaba distraído con otro de los varones. Compartían chistes y secretos, y un calor se extendió por mi tórax. Mierda. Las mariposas se ahogaron en los jugos gástricos, y una llama de celos ahora hervía en el esófago. Solo podía pensar en ellos. Anaudi y mi reemplazo. Flaco, chiquito. Es que los flacos siempre heredan el Reino de los Cielos.

Uno por uno, los varones subieron al altar y se sacrificaron entre las piernas de Axl. Luego de aquel *Cohen Hold* se despidieron como si nada, como si no hubiesen estado tan cerca de la carne de otro.

Llegó mi turno. Al subir, me senté en el sofá y comencé a deslizarme de lado para apoyarme en la falda de nuestro líder. Se me salieron lágrimas, una, dos, veinte lágrimas. Los ujieres aumentaron la alabanza. Asumían que sentía el amor divino a través del horrible *Cohen Hold.* No sentía amor divino. Sentía celos diabólicos. Anaudi con el pendejito aquel. Por eso lloraba.

Axl me arropó con los bíceps, me empujó a sus pectorales y plantó sus retinas en las mías. Susurró. Oró la oración del *Cohen Hold.* "Tócalo Señor. Tócalo". Intenté desprenderme de su abrazo, pero Axl ajustó su dormilona y me atrapó en su fisiculturismo. En mi espalda sentí un toque, pero no divino. Algo latía contra mi espalda.

–Tócalo, Señor. Tócalo –repetía–. Siente el amor de Dios. *My body is the body of God. Feel God. Feel my strength* –yo lo que sentía era una puya en la espalda.

–¡Próximo!

El resto del día lo dedicamos a adorar, a rendir pleitesía a través de las voces. Cantamos. Los varones cantamos una música tibia sobre el Señor en un barco. Luego cantamos en círculos. Nos colocaron en círculos concéntricos y Dios desde el cielo nos vio como un tiro al blanco listo para una flecha divina. Comenzaba a creer. La música era tan sublime que debilitaba la razón y aplacaba el miedo. Cantar tanto limitó el flujo de oxígeno al cerebro. Ya no cantábamos, delirábamos.

Por la tarde en las duchas, otra vez la nube de hombres. El olor a ajonjolí y tierra quemada. Esperé a que fregaran sus cuerpos, aunque en el centro de aquella niebla estuviera Anaudi. Anaudi. Audi, pero sin "na". AN-AU-DI, Vocales abiertas luego cerradas, como morder, besar, tragar. Esperé y me bañé a solas, pero atrapado en el ciclón de aquella niebla juvenil.

A la hora de cenar, el gimnasio había sido decorado de forma festiva. Vajillas, pañuelos bordados, utensilios de plata. Los ujieres habían transformado el retiro en una celebración. Nos sirvieron un enorme pedazo de lasaña en platos de porcelana. Humeante, viscoso, con olores a especias y hierbas desconocidas, aquel ladrillo de pasta era una escultura. Las primeras mordidas fueron discretas hasta que algo en la salsa hizo que todos la devoraran a las millas. Los tenedores y cuchillos destriparon los rectángulos y los cristianos arrancaron las vísceras de carne entre carcajadas. Risas de *Burger Kings*, sonrisas de *Kentoquita*, chiquilladas, regalitos y *Happy Meals*. Estaban bajo el hechizo de algún espíritu de comida chatarra. Sí, eso era. Un hechizo de Xuxa. Por suerte, no me envenené. No había probado bocado. Perdí el apetito al ver que, al final del banco de nuestra mesa, Anaudi reía, comía y lamía la salsa que le caía en las manos a su nuevo amiguito.

Luego, durante la confraternización, perdí a Anaudi de vista. Ya, en este segundo día, los cristianos se conocían bien. Hablaban del *Cohen Hold*, de los ángeles, de la importancia de la castidad, de que de ahora en adelante éramos uno, uno en espíritu, uno en la carne, uno en la sangre del Señor Jesucristo. Me escabullí. Me trepé en la litera, y allí, sin Anaudi y sin *walkman* diseñé melodías abstractas tratando de tejer algún estribillo, algo que me elevara de aquel lugar. Pero fue imposible transportarme a un recuerdo. A mi alrededor, las literas vacías me rodeaban como un ejército. Las literas. Esas eran el hábitat de tantos encuentros carnales. En las películas de terror, eran la mismísima cuna de la concupiscencia. Era donde un joven de culo desnudo le agarraba las tetas a una mujer con pecas. Pagaban el impuesto de la lujuria con sus almas. Un arma blanca, Freddy Krueger, Michael Myers, Jason Voorhees, quien sea,, traspasaba el catre y sus torsos en pleno coito. Pincho de calor y semen con mayokétchup.

En el corazón de mi memoria escuché el grito que causa una espada. El grito agrio de un joven a punto de morir. Un grito tan alto y necio que se escapaba de la memoria y se hacía sonido en la textura del cuarto. El grito se hizo paso por las literas y aterrizó en mis oídos. Seguí al grupo de muchachos que había salido a averiguar que había causado ese quejido. Caminamos y luego corrimos. Seguimos el eco del alarido como si fuera la sirena de un tsunami.

En el árbol del patio, los ujieres rodeaban a un muchachito de quince o dieciséis años. Estaba atado de piernas y brazos. Si daba un paso, reventaba en el suelo. Otro ujier, con músculos, lo vigilaba mientras que el chamaco suplicaba.

–VLrgggg. Mrggggg –rogaba el nene. Tenía un objeto en la boca. Sus palabras eran códigos o demonios.

–¡VLRrggggg. Maarrgggggggggg!

Nos acercamos al cuerpo del atado. Los ujieres se interpusieron y lo que vimos fueron fragmentos del joven en la distancia.

–¡MRGGGFFFGggggooiiiiiiiii! –la voz del atado perdía potencia, comenzaba a darse por vencido.

Los ujieres alzaron las manos al cielo y luego las dirigieron como rifles al joven. Fueron transmisores humanos de la electricidad divina. Se disponían a dispararle al cuerpo atado.

–¡Aleluya! –decían unos.

–*¡Salfuerademonio!* –gritaba el resto.

El joven dio un paso y cayó al suelo. Se estiró y se contrajo hasta cavar propia tumba en la arena. De algún modo logré enredarme entre las piernas de los ujieres hasta acercarme a su cuerpo. El atormentado mariposeó en el suelo y sus ojos se transformaron en esferas blancas. Dos jóvenes que no conocía me acompañaban.

–No lo mires a los ojos que se te pega –dijo el primero.

–¿Qué se me pega? –pregunté.

–Se te pega la patería –dijo el segundo.

–Sí, loco, al maricón lo cogieron con el tipo alto trigueño –dijo el tercero.

–¿Y qué le paso al otro pato? –preguntó el primero.

–Ese se escapó y corrió por el monte –el segundo y el tercero dijeron a coro.

Entonces me percaté dónde estaba. La arena del mar. El retiro. El joven ahogándose en su hoyo. El endemoniado. Mi reemplazo en los brazos de Anaudi y los ujieres ardiendo en reprensión divina.

Cuatro ujieres varones levantaron al joven y lo sacudieron. Nada. No respondía. Desnudo, un hilo de sangre pintaba sus piernas morenas. Los ujieres retiraron sus camisas y quedaron descubiertos sus cuerpos de lucha libre. Eran clones, clones cristianos. Con sus camisas le secaban la sangre y la arena al nene. Pobre nene. Se balanceaba como muñeco de trapo, dormido o inconsciente.

Nos amenazaron:

–¡A los cuartos, a pedir perdón, a sellar la boca!

Perdí el miedo y los ignoré. Me acerqué un poco más al cuerpo del joven, el que Anaudi prefirió sobre el mío. Una cruz blanca adornaba su pecho lampiño. Blanca y gruesa, la cruz corría desde el cuello hasta el ombligo. El empujón que me dio uno de los clones cristianos me dejó un moretón en el hombro. "Tú no me escuchaste. Pa adentro es que es". Él y el resto de los clones se llevaron al nene como a un lechoncito a la vara a uno de los edificios contiguos.

Corrí entre las palmas y las uvas playeras a buscar al otro transgresor.

–¡Anaudi! –grité, pero su nombre se encajó en mi mandíbula–. ¡¿Anaudi, *please* dónde estás?!

Rogué que por lo menos el eco de mi voz llegara hasta sus oídos y supiera que, aunque se escapó del campamento sin mí, no estaba solo. Que yo pensaba en él. Que lo esperaría si decidía volver. Entonces regresé a los predios del retiro. El terror crecía como vapor en mi pecho, endurecía mis coyunturas y me paralizaba. En el baño, me quité el salitre con agua y jabón. La mitad de los muchachos seguía afuera, cuchicheando, maquinando e intentando entender lo ocurrido. "Demonios, gays, brujería y marea", eso repetían. Me quedé en la litera inferior oliendo los restos de Anaudi quien ya debía estar en las entrañas del monte. Nunca le pregunté su apellido. A eso de la media noche, los clones cristianos, ya aseados y pulcros, entraron por el dormitorio y nos obligaron a ir a la cancha.

En el altar, Axl parecía haber adquirido más volumen muscular. Su voz honda, de mar adentro, embistió contra nosotros.

–Hoy fueron testigos de una batalla campal entre el cielo y la tierra. Dos de ustedes decidieron quebrantar la ley, y la ley los quebrantó. Pecadores, fornicadores, sodomitas. Uno se escapó al monte y se lo llevó el diablo. El otro no se escapó y enfrentará el juicio divino. *You just can't escape his muscle, his strength, his ire.* Ustedes, que le temen, estarán a salvo. Aquí en la cúpula, están protegidos si se quedan quietos. *Tomorrow is another day. God is watching you.*

Dios 1.000 - Diablo 1.000
¡EMPATE! ¡EMPATE!
¡EMPATE! ¡EMPATE!

Capítulo 12

Un puño en el estómago fue lo que sentí al pasar por el pasillo del Edificio B y encontrarme con aquella. De los afiches evangelizadores habían reemplazado el de *Ms. Xmas*. En su lugar, la imagen de Taína adornaba un póster mal colocado. Sonrisa Colgate. Ojos sexys, sexys sensuales. Una cruz reposaba donde antes colgaba el machete de Lares. Sudé. Hiperventilé. Tanto había cambiado en tan solo un mes. ¿Cómo? ¿Cómo carajo? Mi mundo empezaba a desmoronarse, a sangrar aliados, ese Puerto Rico sin gente al que tanto le temía.

–Sí, *my friend*. Antes de las navidades. Le dio con que quería ser reina. Y ganó –dijo Wu.

–Pero, ¿cómo? Si había algo que ella odiaba era esas tipas plásticas, las *cheerleaders*, las *Barbies*.

–*The Lord works in mysterious ways*, papi. *She has turned to the dark side.*

–¿Y dónde está?

–¿Dónde más? En La Fosa.

–Oye, ¿y de mí? Me imagino que todo el mundo estará hablando de mí –pregunté.

–*Yes, sir*. De ti y de tu pai. De cómo tu papá le metió los dedos a Jota Jota.

–Diablo, Wu. ¿Y si me botan de la academia y termino en escuela pública?

–Aquí no botan a nadie que pague y tu papá pagó el semestre. *Relax*.

–¿Y Taína?

–Una más, Eye, una chica plástica de esas que van por ahí –dijo cantando.

Quería contarle todo a Wu: el retiro, el endemoniado, Axl, Anaudi y la Xuxa puertorriqueña. Pero no quería ahuyentar a mi único amigo en la academia. Lo de Anaudi era para mí. Esa pérdida me llevaba al vacío, a un lugar oscuro y hediondo. Anaudi fue un nombre que aprendí a decir en soledad. Al mencionarlo en silencio, su nombre se hacía carne y pura bemba.

El timbre sonó. Ya sentados en los pupitres, escuchamos el relinche de Miss Jordan sobre las Fiestas de la Calle San Sebastián.

–Pecado. Picado. Podrido. Porquería. *January is for Jesus. Not for Saints. Only the Three Kings.* Los Tres Reyes Magos. *Not for las Octavitas.* Y dijo "Ouuuctaiiviiitaaas", pero en yanqui. Había palabras que no cabían en bocas gringas.

Segunda Clase. Historia. Que Wu llamaba "histeria". Era una extensión de la clase de religión. De alguna forma Salcedo sale vivo de Añasco y los ángeles descendieron sobre Normandía y Nagasaki. Al otro lado del salón, Taína cuchicheaba con los gemelos Rosellón, los únicos que llegaban a la escuela en *four tracks*.

A la hora de almuerzo me tiré pal monte, al consultorio de Jota Jota. Subí y subí hasta vencer la colina.

Manché los zapatos y enfangué los Wranglers. Caminé en puntitas para no hacer ruido y llegué al balconcito desatendido. Ventanas polvorientas. Luces apagadas. Escuché un crujir de hojas a mis espaldas y me volteé. Nada. Nadie. Pésima idea la de subir al monte aledaño al templo. Los ángeles del cielo y los demonios exorcizados andaregueaban en esas veredas. Otro ruido. Me volteé. En esta ocasión la vi. A través de la ventana incrustada de polvo, Ivelisse, la paciente de Jota Jota, flotaba sobre la madera del vestíbulo. Supuse que había regresado otra vez a las pastillas y había llegado a la muerte. Ahora su espíritu esperaba que Jota Jota la atendiera en el consultorio. Gracias a mí, Jota Jota no regresaría y le había jodido el purgatorio al fantasma de Ivelisse.

En ese momento fue cuando necesité aquel ángel guardaespaldas. Pero, las ramas crujían y yo sin ayuda celeste. Me viré otra vez. Frente a mí apareció el cuerpo de Anaudi, sus jeans, su torso, su pecho, sus brazos, la piel de avellana, los ojitos que cantaban y los labios de melaza. Me tomó la mano, me dio una sonrisa y luego me haló hasta su boca, la boca con sabor a agua fresca, a poesía mojada. Beso largo como debe ser el beso inexperto. Lo abracé otra vez, lo apreté para respirarme todo su ajonjolí hasta desvanecerme. Pero fue él quien se desvaneció, entre la niebla y las ramas. Abracé al viento, la silueta de Anaudi hecha nubes. Qué iluso fui. Anaudi nunca regresaría. Anaudi se había ido por los montes con el sabor de otro en la boca.

Decidí regresar y, al dar media vuelta, vi otro espectro más. Este no se desvaneció y caminó hacia mí. Con una mano hizo un gesto y me saludó. Paré de temblar. Al enfocar mi vista y reconocerlo, se me escapó una risa arropada en llanto, de esas que divulgan un rayo de esperanza en medio de la desesperación.

–Papito, ¿qué es lo que pasa? Siempre que te veo estás en crisis –dijo Orlando, el contable del Templo A.T.L.A.S.

–*Sorry*, es que, pues… no me siento bien. No me siento bien para nada.

Alcé los ojos y esperé a que Orlando leyera las memorias y sustos detrás de mis ojos. No quería poner en palabras lo que supuse que él debía saber. Era el segundo en rango, el asistente del pastor, el cuidador de secretos. Debía conocer el mío.

–Eyerí, ¿a qué viniste acá a la montaña?

–No sé. Quería ver si Jota Jota estaba ahí. Me siento mal porque lo jodí. Ahora no tiene trabajo y no sé quién va a ver a sus pacientes.

–Mira, yo lo que sé es que tú estás aquí a la mitad del día temblando y llorando. ¿Qué es lo que pasa?

–No sé, Orlando. No sé. Me estoy volviendo loco. Estoy viendo cosas. Escuchando ruidos. Acabo de llegar de un jodío retiro. Jodí las cosas aquí, las jodí allá. Aquí en la escuela me odian. En la casa también.

Orlando me abrazó y me hundí en su pecho.

* * *

Después de mi atrevimiento, la casa grande se hizo más grande. Se expandía con la indiferencia de mi padre. Una tarde se encorvó como un buitre sobre una cerveza y tambaleó hacia el estudio, aunque aquella cerveza fuese O'Doul's y no tuviese una gota de alcohol. Maro y Pedrito jugaban Atari hasta tarde y me acerqué a la puerta. Coloqué el oído y los escuché a través de la madera.

–¡Copión, jodón, dame, toma, me toca a mí, se lo voy a decir a Mami, ¿a que no te atreves?! –reyerta de chamaquitos.

Hace mucho que no me reconocían. Veían a un problemático, un poseído, un pordiosero. Eran un universo intocable, protegido. Solté la mano de la perilla.

Fui hasta la santa televisión, que ahora nos bendecía con los canales de Cable TV. Sentí la estática de la pantalla y las yemas de mis dedos se emocionaron. Desistí de la idea. Un recuerdo grato me invadió: Mami y su achaque de que leyéramos por lo menos un libro por semana. Entonces, deseé perderme en algún personaje que viviera y padeciera como yo.

Tomé *El niño que enloqueció de amor* de la repisa y comencé a leer, pero las letras se esfumaron. Pasé una página, dos, tres. Cero, cero palabras. Alucinaba de nuevo. Ahora las frases y oraciones se escondían de mis ojos. No quería estar enfermo, pero mostraba todos los síntomas. Coloqué el libro en la repisa y me tiré en la cama a entretenerme con mi enfermedad y la memoria de Anaudi.

Un toque en la puerta. Mi madre. Mi madre que tocaba y entraba sin pedir permiso.

–Eye, mira. Te voy a ser bien sincera. Ya yo no sé si voy o si vengo. Esto me tiene en un estado de nervios que yo te juro que a veces siento una fuerza aquí en el pecho como si un elefante se plantara y me aplastara los órganos. Yo estaba viendo en el Club 700…

–Mami, ¿en serio? ¿El Club 700?

–Uno nunca sabe, Eye. Dios te puede hablar por medio de un pastor, un ujier, hasta de un conserje si por lo menos tiene un tercer grado de educación.

–Mami, pero…

–Mami, nada. ¡Mami, mimi, momo, para de mamar! Tienes que arrepentirte, Eye. Busca de Él. Sal de las tinieblas.

Mami cambió a otra voz, una con luz y misericordia. La voz de maestra. Me sobaba las cejas.

–Es lo que dijo el Pastor en el templo. Esto son pruebas. ¿Qué hacemos con las pruebas, Eye? Estudiamos. Nos concentramos. Pensamos con cuidado. Piensa. Reflexiona. Lee la palabra. Los exámenes se pasan estudiando. Tú sabes eso, mi rey, mi carne, mi presidente de la República de Puerto Rico.

Cerró la puerta y me fui de rodillas. Doblé mis codos y enlacé mis dedos.

–¡PADRE CELESTIAL! –dije en voz alta para que las paredes, los diablos y los ángeles fueran testigos–. Confieso que pequé. Deseé a mi vecino, disfruté la piel, te negué tres veces y tuve pensamientos impuros. Pequé. Llené mis ojos de lujuria, atenté contras mis padres, desprecié a mis hermanos y más de una vez dije tu nombre en vano. Pequé. Nadie me obligó. Fui todo yo. En vez de aguantarme como un macho, caí en la tentación como un pato. Pude haber dicho "no". Pude haber orado. Pude haber pedido misericordia, fuerza, iluminación, fuego, mandar fuego, Señor, pero no. Si hubiese puesto más esfuerzo, orado con más ahínco, alabado en cuerpo y alma, seguro que mandabas una legión de ángeles para ayudarme. Tomé la decisión equivocada. Opté por la carne y ahora soy preso del deseo. No puedo parar. Lo deseo tanto y tanto que lo veo en todas partes. Se aparece en los sueños, en los baños, en las siestas y hace unos días se apareció en el monte de la academia. Vengo a ti porque quiero que me liberes, porque al lugar donde he llegado solo me puedes sacar tú. Señor, me siento como el nene del poema de Lorca, sí, el que recitaba Mami, dentro del pozo, hundido en el fondo, arropado por las algas. Tal vez ahí es que pertenezco: en el fondo del pozo, pero Mami dice que si pido, tú me das. Así que te estoy pidiendo. Dame algo. Muéstrame algo. Sácame del pozo. Enséname la luz.

Abrí los ojos encharcados en lágrimas y vi las cicatrices que mis uñas habían dejado en las manos. Pensé, "después de este acto de contrición voy a sentir paz, porque voy a ver el camino que Dios ha trazado para mí". Abrí los oídos para escuchar el nuevo sonido de la libertad. Miré las esquinas del cuarto y busqué el aire y la frescura del nuevo mundo al que me adentraba. Sentí lo contrario. Silencio. Silencio sobre silencio. El chillido agudo de la nada cuando todo queda vacío.

Ahí me percaté de que todo había cambiado. Nadie me escuchaba y Dios me había abandonado.

–¡No te vayas! –le dije– ¡NO ME DEJES, *PLEASE*!

Caminé de un lado al otro del cuarto y me pegaba en la cabeza para que viera que estaba dispuesto a herirme. Me quitaba la pijama porque el cuerpo se calentaba y me la ponía otra vez porque me daba frío. "No, no. Esto no puede estar pasando". Me calmé y salí por el pasillo. Los niños dormían. Más silencio. Caminé hasta el final a ver si escuchaba a mi madre viendo al Club 700. Nada. Más noche y silencio.

–¡Mami, Mami, Mami! –la llamé. Papi se había endrogado con su cerveza sin alcohol en el estudio.

–¡Mami, mimi, momo, deja de mamar! –respondió Mami con voz de Caguas.

Regresé al cuarto y metí la cara en otro libro. Nada. Nada quitaba eso que tenía por dentro. "Por Dios, me muero, por Dios, me vuelvo loco. Si me mato, voy al infierno, y si no, regreso como una sombra a la casa en un suspiro eterno". Pensé: "así debe ser el fin del mundo. Todo muere. No hay autos en las autopistas, ni personas en los centros comerciales. No hay alumnos en las clases ni programas televisivos. Solo yo y un Puerto Rico desierto, una condena cruel y divina".

Encendí el televisor. Apreté los botones y dejé hoyos en las yemas de los dedos. Quería sacarme la pesadilla de un mundo sin gente, de un Puerto Rico sin Dios, de mi cuarto sin MTV, Showtime o VH1. En la estática de un canal, Tony Danza se acercaba en *close up* al recuadro de la tele. Tony, el hombre de mil sonrisas.

Tony, el *boss*. *Who's the Boss*. Apareció Tony, después Samantha. Angela, Jonathan y Mona. La escalera en espiral, la biblioteca encuadernada en tonos pastel, la mesa encerada, la alfombra gris, las risas grabadas. Una escena perfecta sin estática o deformaciones. Transmisión sin interrupción. De EE.UU. para P.R. Las neuronas se calmaron y el corazón respiró. Me arrodillé. Enlacé los dedos y doblé los codos, toda la noche, frente a la tele.

Esa noche supe que conectarme a la tele calmaba la arritmia del corazón. No me podía alejar de la cajita del diablo. Sin los personajes, las tramas y las risas manufacturadas, mis pensamientos se transformaban en visiones apocalípticas como las de Daniel el profeta. En ocasiones pensaba en el fin del mundo: un Puerto Rico sin gente, una isla vacía. Solo algunas vacas y cocolías. En otras, regresaba al beso del bosque, a la mentira de Anaudi, y se me hacía la mente un divino reguero. Dios me había negado la palabra. Se había volteado para que viera en su dorso el reflejo de un infiel, y que así me quebrantara hasta romperme en cantos de pato.

* * *

El domingo siguiente El Enviado Spencer recalcó desde el altar que Dios nos pasaba por fuego para purificarnos. Nunca olvidaré ese dulce domingo. Estaba con mis padres y Maro y Pedrito se habían retirado al jardín de niños. Los *Pepe Jeans* se me caían. No me alimentaba. Estaba cansado. Desvelado. Sin aliento.

–Dios te ha dado la oportunidad de llegar ante él –con una mano sujetaba sus gafas de sol y con la otra domaba su melena rubia–. Dios te ha dejado llegar aquí. *You are here for a reason. I know you have thought about it.* Yo sé que lo pensaste. *Many times.* Muchas y muchas. Tú has dicho, *you know what?* Que se chave. Quizás es mejor que se acabe to. *To end it,* pero Jesús dice, ¡NO! *GAME IS NOT OVER! YOU HAVE EXTRA LIVES IN JESUS CHRIST. ONE MORE TOKEN!* Es más, tú debes decir, "Si Dios me quiere tanto, ¿por qué estoy pelao? ¿Por qué estoy triste? ¿Por qué me dejó mi esposo, por qué no puedo pagar las cuentas, por qué no puedo matricular al nene en la Academia A.T.L.A.S.? ¿Por qué no hay Plaza, ni compras, ni viajes, ni Tang, ni Hang Ten, Bora Bora, nada?" ¿Sabes por qué? Dios te está poniendo a prueba. *He's testing you. Testing. Testing. One. Two. Three.* Quiere saber si tú lo obedeces. *You have to wait patiently.* En silencio. A ver si te escucha. Y tú lo escucharás a él.

Tuve certeza de que había llegado al ápice del dolor. Esa era la palabra que necesitaba escuchar. Dios me había escuchado y ahora me hablaba, en español e inglés, en dos oídos. Para que entendiera que no me ahogaría en una isla desierta, que los ángeles sí me velaban y que debía estar pendiente a la palabra de Dios, a todos sus misterios.

El coro se unió al pastor y llevó su voz a la gloria. El Espíritu Santo se vertió allí y todos alzamos las manos.

–*Toda la sangre que es* –cantaba el coro. Las sopranos rascaban el cielo. Los tenores adormecían las extremidades–. *Hay sangre por doquier. La sangre que limpia. Sangre del cuerpo de Él.*

La iglesia alzó las manos. Oraron. Lloraron. Caminaron uno a uno para arrepentirse ante Dios en el púlpito.

El pastor continuó.

–*The Lord sees everything. He's seen you hide; he's seen you cry*. Te ha visto en el cuarto, en la cama, en la escuela. *HE SEES EVERYTHING! He has seen you on your knees begging for the pain to stop. He sees the tears, the fears. THE TEARS FOR FEARS!*

–*¡LA SANGRE, LA SANGRE!* –continuaba el coro–. *¡LA SANGRE QUE LIMPIA POR DOQUIER!*

Dios lo veía todo: la carne, Jota Jota, mi padre, la entrevista, la reporteara, mi confesión, Ivelisse y el retiro. Veía las literas, el olor a ajonjolí y Anaudi. El coro cantaba *tanta sangre, tanta sangre, tanta sangre.* Era hora de entregar este cuerpo contrito a la cruz de Cristo. Caminé a la cruz de neón que se encendía y apagaba. Me colé entre los adultos y me arrepentí allí entre los cristianos. El Enviado nos tocó a cada uno.

–Acepta a Jesús en tu corazón. *Accept Jesus in your heart. The blood of the father* –dijo y la cruz se encendió. El letrero de *Jesus Saves* parpadeó.

Llegó mi turno. *My time had come. I needed blood. I needed help. I needed God.*

El pastor ordenó.

–Digan conmigo: Yo.

–Yo –dijimos en unísono.

–Yo me entrego al señor.

–Yo me entrego al señor.

–Ahora yo no me pertenezco.

–Ahora yo no me pertenezco.

–I don't belong to myself.

–I don't belong to myself.

–¡YO SOY! *I AM!*

–¡YO SOY! *I AM!*

–A son of Christ.

–A son of Christ.

–Yo soy. *I am.*

–Yo soy. *I am.*

–¡YO SOY! *I AM!*

–¡YO SOY! *I AM!*

–A WINNER!

–A WINNER!

–*¡WINNERRRRRRRRRRR!* –la palabra se distorsionó en sus labios, el sonido de un *walkman* que pierde potencia. Porque no había potencia. Caímos. Todos. Desmayados. Una alfombra de carne en la falda del púlpito frente a nuestro pastor.

Capítulo 13

Los segundos de paz que adquirí al acostarme se esfumaron con el cantar del gallo. Dios me había perdonado, pero no me liberaba del fuego. Me ardían los pensamientos y presentí que pronto olvidaría la carne de Anaudi. La salvación vendría a través de un látigo bendito y paulatino.

Me incorporé en la cama y dejé que las pupilas absorbieran la mañana. Encendí la tele y, en el Canal 4, El Enviado Spencer apareció en la pantalla. En cada mano una figura de acción. *EXTRA SINNER KILLERS: BECAUSE VENGEANCE IS DIVINE,* dijo, mostrando una sonrisa congelada. Una voz fuera de cámara culminó el anuncio *BATTERIES SOLD SEPERATELY.* Luego El Enviado comenzó un segmento musical que nunca había visto. Vestía negro, de arriba a abajo y un trasfondo en llamas simulaba el infierno. Hacía un chachachá sobre las brasas y le decía a la cámara *You too can walk through the fire.* Ven al Templo A.T.L.A.S. *The American Temple of Love and Stability.* Detrás del pastor, tres mujeres ataviadas de rojo cantaban en armonía: *"WALK THROUGH THE FIRE! WALK THROUGH THE FIRE!"*.

Consideré el mensaje como una señal. Fuego. *Fire.* Purificación. La mía.

Ya en la guagua escolar, miraba con recelo la maleza de Certenejas, ese hediondo espacio que no era campo o ciudad. Me preguntaba cómo aplacaría la ansiedad mientras trataba de atender en las clases. En casa encendía la tele y me perdía en *Different Strokes* o las coreografías de Los *Mousequeteers*. Pero en el mundo hostil de los alumnos, bajo las miradas aterradoras de profesores y conserjes, temía que ese lunes terminara en pánico y en una camilla hacia el psiquiátrico. Bajé del bus escolar con cautela. El suelo era lava.

Al caminar frente al templo, noté la cinta adhesiva amarilla y negra que prohibía la entrada al jardín del patio. Cabizbajo, supuse que los policías que allí fumaban habían sellado el perímetro del monte para investigar a Jota Jota. Iba al aula con retraso y, al entrar, Miss Jordan me lanzó una mirada vidriosa. El frío del asiento me despertó las nalgas tibias y recordé que tenía culo. Hice una pequeña oración para reprender las cosquillas en los güevos.

–Jehová, tú tienes control sobre mis güevos –susurré. Wu, tres pupitres a la izquierda, me pasó un papelito doblado que leía: "¿Viste lo que pasó con los guardias? Ese fue el nene de nuestro grado que se desapareció".

Doblé el papel y el dolor que se generó en mis vísceras anunciaba una tragedia. Algo ocurría en la academia. Nuestras vidas cambiarían. Wu estiró el cuello y con los ojos me dijo "hablamos a la hora de almuerzo".

–Pues, chico, que este nene de nuestro grado, que en verdad nadie lo conoce o lo recuerda bien, no regresó a la casa. Están los pais hechos mierda y la escuela cagá

–Wu contó el chisme con voz de locutor, sin compasión.

–¿Pero lo de Jota Jota y mi pai, el monte, el consultorio? Yo me metí a la oficina el otro día y eso es un cementerio.

–Nene, eso ya pasó. Ya lo pasado, pasado. Tú no importas. Ahora el chisme es Rey o Ray o Reinaldo. Nunca llegó a la casa. La academia, el templo y la familia están jodidas. Eso... eso es un problema de verdad.

–¿Y Mr. C.? ¿La administración?

–Esos pendejos, ¿Qué van a decir? Nada. ¿Tú te imaginas el escándalo? ¿Con lo cara que es la matrícula aquí?

–¿Y Taína?

–Chico, no me bajes la nota. Está con los gemelos pa arriba y pa abajo. Es la reina. Tú sabes. *Old news.* Una chica plástica –dijo Wu y se fue chascando por el pasillo.

Fui de mal en peor. La desaparición de Reinaldo me sumergió aún más en aquel mundo de ansiedad, ese bajo mundo que me arropaba con silencio. Era culpa de la montaña, allí estaba el ojo del Diablo. Yo estuve allí y vi la sombra de Anaudi y el fantasma de Ivelisse. Estudiábamos junto al mismísimo infierno y ahora un alumno se había esfumado entre las ramas.

Pasaron las clases. Una. Luego otra. La lentitud me despellejaba. El infierno, Anaudi, Reinaldo y aquel apocalipsis boricua que se avecinaba. En casa fui en búsqueda del silencio, ese espacio hueco entre mi rostro y mi Dios. Si había comenzado mi prueba de fuego, era hora de quemarme la piel. Me arrodillé en la alfombra y apoyé mis codos en la cama. Rogué, rogué y rogué. Rogué hasta las lágrimas. Oré en voz alta, aunque me tildaran de loco, sí, loco, dispuesto a perder la razón para alcanzar la salvación. Allí por primera vez lo escuché. Que me quedara quieto, un imperativo, la voz de Dios.

Y me quedé allí, en calzoncillos y T Shirt, pidiéndole misericordia al techo. El reloj marcaba las 4:30 p.m. y mi Mamá tocó la puerta.

–No tengo hambre –dije.

–¿Cómo que no?

–¡Estoy orando, coño!

No me molestó por el resto de la noche. Mi padre y hermanos tampoco. Dieron las 5:30 p.m. y yo todavía oraba. Las 6:30 p.m. y yo de rodillas. Seguí el manual de oración que la profesora Olavarría nos había dado en clase. Primero, se da gracias. Se agradece porque hay otros que no tienen por qué agradecer. Luego se alaba, se da gloria, y yo le canté himnos del templo con manos alzadas hasta atrofiar mis músculos. Luego de agradecer y adorar, se pide. Se pide con mesura, por supuesto. Antes de pedir ropa y autos deportivos se pide quebrantamiento, salud mental, conexión espiritual y, sobre todo, misericordia. Pedí misericordia.

–Si hoy comienza mi prueba, ten piedad mientras derrites mi concupiscencia –oré.

Las 7:30 p.m. y yo de rodillas, 8:30 p.m., 9:00 p.m. Me levanté solo cuando sentí en el corazón que Dios me lo permitía. Y me dolía todo. Las rodillas sangraban. Miré al techo y pude ver a Jesús sonreír.

* * *

Un martes la Policía marchó por los pasillos del Edificio B. Escuché los zapatos en el eco de las paredes y el murmullo de conversaciones breves. Era imposible descifrarlas.

–¿Maestra, por qué no nos dicen que rayos pasó con Reinaldo? –preguntó un alumno.

–*No news is good news*. No pasa nada. Nada de nada. ¿Escuchaste? –la profesora Silverman inclinó la cabeza y amenazó a la clase entera tras los anteojos.

La profesora estaba equivocada. Los alumnos utilizan su imaginación para entender los silencios que dejan las tragedias. Veía las hipótesis sobre Reinaldo como pequeñas historias contenidas en una sola imagen. Sí, como encender un proyector y ver una diapositiva tras otra.

Diapositiva 1:

El cuerpo asfixiado de Reinaldo yace entre escombros en el suelo del pasillo B. Lentes rotos. La sangre con el polvo se convierte en una mezcla arenosa.

Dos policías se rascan las cabezas y uno dice:

–¿Cómo carajo se metió ese muchacho entre los plafones y el techo?

Diapositiva 2:

Reinaldo es un renacuajo. Insignificante. Camina lento. Se queda atrás. Corre lento. Se queda atrás. En la clase de Educación Física, se quedó atrás. Es tan insignificante. Nadie se da cuenta de que se quedó atrás en la maleza de la cancha. Las iguanas de palo a veces comen carne.

Diapositiva 3:

–¿Tú sabes quién es Orlando, el contable?

–No, nena. ¿Quién es ese?

–Bueno, con esto te lo digo todo. Es el primero que llega y el último que se va. Si no sabe él, no lo sabe nadie. Ah y es viejo, tiene como 30 años y nunca lo han visto con una mujer.

Diapositiva 4:

Reinaldo es un lechoncito. Un lechoncito a la vara. Cuelga de un palo. Muñecas y tobillos amarrados con hilo de pescar. En la boca un 2x4 de madera. Dicen que no hay peor aullido que el de un puerco cuando siente la navaja.

Esa noche me fui otra vez de rodillas. En esta ocasión Dios me ordenó dejar la puerta abierta, que no ocultara mi devoción, que ostentara mi compromiso con Él. Oré en orden: agradecimiento, adoración, petición. Pedí por el niño desaparecido y fue gracias a ese acto desinteresado que la comunicación con Dios se hizo más palpable. Me indicó que la mejor arma para comunicarme con Él estaba justo al frente mío.

–¿Eye, que hay al frente tuyo? –Dios me preguntó en su peculiar voz inaudible. Levanté la vista y lo que estaba allí era la gaveta del escritorio.

–Ábrela.

–Ok.

Saqué la Biblia de la gaveta. Nueva, de paquete. Hojeé algunas páginas, pero el punzón que sentí en el corazón me advirtió que no era la forma de leer La Palabra. Revisé esa ristra de libros. Que si Génesis, Deuteronomio, Levítico, Salmos, Lamentaciones. Esos títulos con tantas sílabas asustaban. En voz alta sonaban como toques a una puerta de madera y hierro, 3.000 años, 3.000 versiones. Dioses, profetas, profanos y seguidores. El pueblo de Egipto. El pueblo de Israel. Las plagas. Jesús. La cruz. La cruz de neón. La Resurrección. El Apocalipsis. La Revancha. Y al final: La Recompensa. *HEAVEN.*

La Biblia era una biblioteca. Nadie va a la biblioteca y escoge un libro al azar, ¿verdad? No sabía por dónde comenzar esa literatura. Entonces coloqué la Biblia de lado y así frente a esa columna vertical, vi una sombra posarse en el centro de las páginas. Por ahí la abrí. Una mitad quedó en mi mano derecha. En la izquierda estaba el libro, capítulo y versículo que Dios, mi bibliotecario, me obsequiaba. Pero, ¿dónde? Las letras eran hormiguitas en aquella página. Otra vez una sombra se posó sobre unas líneas al filo de la página y leí los versículos que tejían una historia que fungió como advertencia:

Isaías 30 Ay de la nación obstinada

El Señor ha dictado su sentencia:
"Ay de los hijos rebeldes
que ejecutan planes que no son míos,
que hacen alianzas contrarias a mi Espíritu,
que amontonan pecado sobre pecado,
que bajan a Egipto sin consultarme,
que se acogen a la protección del Faraón,
y se refugian bajo la sombra de Egipto.
¡La protección del Faraón será su vergüenza!
¡El refugiarse bajo la sombra de Egipto será
su humillación!

Aunque en Zoán tengan funcionarios,
y a Janés hayan llegado sus mensajeros,
todos quedaran avergonzados
por culpa de un pueblo que les resulta inútil,
que no les brinda ninguna ayuda ni provecho
sino solo vergüenza y frustración".

La palabra del cielo vino en estructura de un poema. No un poema lírico con imágenes pastorales o anécdotas para despertar la imaginación. No. Era un poema cargado de asonancias, y cuando los poemas no rimaban a mí se me formaba algo feo en la boca del estómago. Tragué en seco. Sentí en el esófago aquel vacío similar al que notaba cuando Dios abandonaba el cuarto. Una nación rebelde. Una nación maldita. Dios reprobaba a quienes lo ignoraban, a los que acumulaban "pecado sobre pecado", a los que no le consultaban, a los que se refugiaban bajo la falda de otro, fuera dios o faraón. Así eran los rebeldes, algo que mi padre había celebrado tanto en las tertulias nocturnas rodeado de cuatros y guitarras. Mis padres ya no se refugiaban bajo aquella bandera, aquella bonita bandera, ahora se ponían en fila bajo las leyes divinas, en fila india, sin protestar.

Continué leyendo:

> Esta es la sentencia que se ha dictado contra los animales de Néguev:
> Por tierra de dificultades y angustias,
> de leones y leonas,
> de víboras y serpientes voladoras,
> llevan ellos a lomo de burro,
> las riquezas de esa nación inútil,
> y sus tesoros, a lomo de camello.
> La ayuda de Egipto no sirve para nada;
> por eso la llamó, "Rahab, la inmóvil".

Esta era la nación que aparecía en mis pesadillas, el Borinquén abandonado, el Puerto Rico apocalíptico, la huida después de un cataclismo, la soledad después de un huracán. Se iban con riquezas en lomos de burros, y para qué, si era una nación despreciada, inútil. He aquí el pueblo rebelde, Puerto Rico, he aquí el pueblo rebelde, yo, he aquí los hijos engañosos que no quieren escuchar, pero yo sí, yo sí, Señor, yo te quiero escuchar y por eso estoy aquí doblegado, escuchando.

Al final del capítulo 30 de Isaías, Dios dice:

Pero en el arrepentimiento y la calma está
su salvación,
en la serenidad y la confianza esta su fuerza,
¡pero ustedes no lo quieren reconocer!
Se resisten y dicen: "Huiremos a caballo".
¡Por eso así tendrán que huir!
Dicen "Cabalgaremos en caballos veloces".
¡Por eso veloces serán sus perseguidores!
Pero el Señor los espera para tenerles piedad,
por eso se levanta para mostrarles compasión.
porque el Señor es un Dios de justicia.
¡Dichosos los que esperan en Él!

Mi piel se erizó y mis ojos se agrietaron. Lloré porqué eran las mismísimas palabras del pastor y de mi madre. Calma, cógelo suave. En el arrepentimiento está la salvación. Para escuchar hay que esperar. Ahí esperando, sentí el ardor de la esperanza en mis manos enroscadas, en mis rodillas raspadas. Dios me recompensaba por esperar, por sangrar, por controlar a latigazos todo pensamiento impuro.

Vivir con aquella sabiduría fue el primer gusto que tuve del pastel de la salvación. Mantenerme inerte repitiendo oraciones y adoraciones me encaminaba cada vez más a algún lugar, pero no sabía a dónde. Sentía que dejaba la piel del pasado atrás, aunque esa piel era parte de mí, y sin ella me sentía desnudo. "El Señor les espera para tenerles piedad" decía el pastor en los anuncios televisivos con aquel esmoquin y pollina angular.

Entre las prédicas de la iglesia y los segmentos en el Canal 4, el pastor continuaba dándome pistas para mi recuperación. El ingrediente vital: La Biblia, y solo mi bibliotecario conocía la mejor ruta para ir de penitencia hasta la exoneración.

* * *

El jueves fue jueves de capilla. Como siempre. El principal habló del niño perdido por su nombre: Reinaldo. 13 años. De la clase acelerada de ciencias y matemáticas. Diestro en el *spelling bee* que yo había perdido el semestre pasado. Tan ahogado en mis miedos estaba que no recordaba a este muchachito. Mr. C. lo describía como una estrella. La vida de todos parece brillar luego de la muerte. No recordaba a Reinaldo, Rey o Ray. Era una cabeza sin rostro, espejuelos sin ojos. Unas jóvenes a mi lado lloraron con gemidos descontrolados y dos profesores hundieron sus rostros en abrazos. Me temblaban los dedos y las piernas, pero el ser divino exigía que controlara mis impulsos y conservara el silencio interior. Me limité a escuchar.

–Yo quiero que la escuela entera se ponga de pie. Porque yo creo en el Señor –dijo y la cruz de neón y el letrero de *Jesus saves* cobraron vida–. *I BELIEVE THAT JESUS LISTENS TO HIS CHURCH, AND WE ARE HIS CHURCH.* HOY SOMOS SU IGLESIA. La Biblia dice que, si le rogamos como iglesia, él nos escuchará. Si le pedimos como ejército, él nos concederá los deseos. Así que, hoy, en este momento, *at this very moment*, Dios quiere escucharnos. Tú puedes salvar la vida de Reinaldo. Alza tus manos. *Raise your hands.* Grita al señor.

–*SCREAM!*

La cruz de neón y el letrero cambiaron a un rojo intenso, y los rostros de los alumnos se ensangrentaron mientras gritaban "*SCREAM! GLORY TO GOD. SAVE REINALDO. SCREAM! SCREAM! SCREAM!*".

El puñado de chicas que lloraba se arrodilló. Otros alumnos rasgaron sus camisas y se batieron unos a otros en los pectorales. "*No, Jesus no, please God, PLEASE GOD!*", rogaban.

Mi cerebro se despegó de mis ojos. Entré en otra dimensión del conocimiento. Observé por encima de la realidad y la imagen de Mr. C., los acongojados y las plegarias fueron algo que pude cortar y dividir con una navaja. Desde esta perspectiva presentí que Reinaldo no existía, era un invento de este lugar, de Mr. C., una mentira de la cruz de neón.

–Y solo lo sabes tú –susurraba Dios.

Dios me hablaba porque estaba quieto, estaba tieso. Desde ese plano del conocimiento divino, el conocimiento superior, el volumen de la realidad disminuye. Escuchaba el lloriqueo y los gritos de alabanza como si estuvieran al otro lado de una puerta. Mr. C. animaba a los alumnos a llorar y adorar mientras que la cruz de neón y el letrero de *Jesus Saves* pintaban los rostros de fucsia eléctrico.

–SAL YA, REINALDO SAL YA. *ESCAPE.*
–*GOD COMPELS YOU TO RETURN.*
–*RETURN.*
–*TO.*
–*US.*

Capítulo 14

Chupábamos limbers de *cherry*. La glorieta se plagaba de alumnos y de los bocinazos de Mercedes y BMW. A Wu se le escurría un chorrito de sirope en la esquina de la boca y le pintó los pantalones blancos de ese *casual day*.

–Te manchaste, Wu. Qué mierda.

–¿Qué importa? Esto de los *casual days* es una cogida de pendejo. Es pa sacarle dinero a la gente. Y mira, comprarle uno de esos al Pastor –dijo y apuntó a un BMW del año, negro con aros plateados.

–Eso era lo que decía Taína.

–Sí, pues, qué se joda. Ahora ella es una chica plástica.

–A mí no me gustan ya los *casual days* porque la ropa de antes no queda.

–Estás flaco, Eye.

–Se me cae la ropa.

–Pareces un payasito.

El BMW se alejó hasta la caseta del guardia, salió por el portón y desapareció en la autopista.

–¿Tú crees que encuentren a Reinaldo? –le pregunté a Wu.

–Más vale, o se joden Mr. C. y el Enviado y Jota Jota y Bárbara.

–¿Qué tienen que ver ellos con Reinaldo?

–Eso es una mafia, Eye. ¿El A.T.L.A.S.? Es una mafia. Mr. C., Jota Jota, Bárbara y el Enviado son familia, una mafia. Ese nene, el Reinaldo ese, es un héroe. ¿Tú sabes cuánta gente se va a dar de baja por su culpa?

–¿Y… tú piensas que me boten por lo que Papi le hizo a Jota Jota? Yo no quiero acabar en escuela pública.

–Nene, tu papá es un héroe. ¡No jodas más, puñeta!

–Wu, mírate el pantalón.

–¡Puñeta! –un charco rojo de sirope se había expandido sobre su cremallera–. ¡Me cantó el gallo!

–¡Kikirikí! –canté.

–*Cockadoodledoo*! –me corrigió.

Mi boca hizo la mueca de una sonrisa. ¿Tenía derecho a reír? ¿Podía gozar durante mi purificación? No sabía. Diez minutos para la clase. Nuestra conversación fue al lado opuesto del goce. Wu y yo nos dimos a una tarea: recordar a Reinaldo. El cabello, los ojos, un lunar, algo que fuera de él y de nadie más. Recordábamos dos cosas: sus espejuelos redondos y la cojera de su pierna izquierda. ¿O era la derecha?

Aunque quería, no podía enajenarme en la memoria del niño perdido. Mi reto era alcanzar el favor de Dios. Todos los días cuando el bus escolar nos soltaba en casa, brincaba por las escaleras flotantes, tiraba los motetes y me arrodillaba frente a la cama. Oraba por dos horas y leía La Palabra por dos horas más. En ocasiones me levantaba en medio de la noche con la luz encendida. Seguía de rodillas. Mi torso se había dormido sobre la cama. Contrito. Adolorido. Quebrantado. *Ready* para la exoneración. Mis padres se preocupaban, pero ¿qué iban a hacer? ¿Regañarme por hacer exactamente lo que ellos querían de mí: devoción, rectitud, mente sana, cuerpo de hombre?

El siguiente lunes me topé con una imagen fotocopiada en la pared del Edificio B. Reinaldo sonreía desde esa reproducción en blanco y negro. Allí estaba el niño perdido, el niño con espejuelos. Sus ojos regañaban al viento que lo despeinaba. Al filo de la imagen leí la frase *PRAYER WORKS* escrita en maquinilla.

Entré a la clase de religión. Me acomodé en el pupitre y esperé las instrucciones. Miss Olavarría sentó su cuerpo de jirafa en el escritorio y ajustó su blusa marrón ceñida al pecho. Labios de un rojo más oscuro que la sangre. Unos ojos oscurecidos por el tono del delineador. Miss Olavarría, mi defensora. Muchas veces había ahuyentado con palmadas a mis acosadores como si fueran cucarachas. Un día me dijo: "Haz *jumping jacks*, corre, salta, brinca cuica, así se te esfuman las tetitas". Igual que Mami, quería asegurar que tuviese un futuro atlético. ¿Cómo no se percataba de que perdía mi grasa de gordo? Esa mañana estaba en otra. Irguió el cuello con ínfulas de actriz y enderezó sus hombros inflados por *shoulder pads*.

–Gente, pa alante. Veo las caras y no, no, no –dijo y meneó el índice–. Al mal tiempo, buena cara. Estamos medio *down*, pero Dios nos va dar un *up*. En vez de *7 up*, un *Jesus up*. Pasamos por la prueba, pero luego hay recompensa.

Quedó tiesa en medio de aquel monólogo, como la esposa de Lot. Su espalda se encorvó, perdió aquel espíritu teatral y sus manos colgaron al lado de su falda. Lágrimas negras rayaban sus mejillas.

–¿Quién puso eso ahí?

La clase se viró hacía la pared trasera y vieron lo que la maestra vio: la fotocopia estrujada de Reinaldo que comenzaba a desprenderse.

–¡¿Quién... COÑO PUSO ESO AHÍ?!

Con pasos largos cruzó el salón, arrancó el papel y se lo llevó al pecho.

–Mira lo que seguir las reglas le costó a ese pobre muchachito. Hizo todo bien y mira, ¡¡MIRA, MIREN!!

Saltamos en los pupitres con sus gritos. Con la mano izquierda nos mostró la copia de Reinaldo, estrujada, manchada de lágrimas.

–¿Tú sabes lo que es ver a alguien crecer desde nene, y que venga a tus clases, y tú le enseñes La Palabra de Dios, y que de momento un día desaparezca? Bendito sea Dios, si él se sentaba ahí mismo, ¡AHÍ MISMO! –dijo y apuntó al pupitre que ahora ocupaba Juan Gabriel Garabito.

El alumno tembló. Temblamos todos. Lágrimas, lloros corales. El griterío continuó hasta que Miss Silverman y Miss Rodríguez se asomaron por la puerta. Miss Olavarría había perdido el control de la lengua y la cabeza.

–¡Eres de mí. Eres parte de mí. Eres parte de mí! –le decía al Reinaldo fotocopiado. Miss Silverman y Miss Rodríguez la tomaron por los brazos, la incorporaron y a pasitos la sacaron del salón. Murmuraba "Eres es parte de mí. Eres es parte de mí".

* * *

En la tarde aún llevaba los alaridos de Miss Olavarría en los tímpanos y sabía que, para sacármela de encima, debía irme de rodillas justo al llegar a la casa. Cerré la puerta y di rienda suelta al ritual.

–Gracias señor por este día –repetí. ¿Pero gracias por qué? ¿Por la locura de la maestra del salón o por la desaparición de Reinaldo? Por más devoto que había sido, acabó perdido, convertido en una fotocopia. Pero no, no podía cuestionar la sabiduría del Señor. Por eso Miss Olavarría perdió la cordura.

Entonces, repetí "¡Perdón, perdón, perdón!", y nada convence a Dios de nuestro sincero arrepentimiento más que la adoración. Abrí la puerta para que mi casa, mi madre y la montaña escucharan mi alabanza. Alcé las manos y canté con el fuego del diafragma la canción del comienzo del culto.

–QUÉ BONITO ES CANTAR AL SEÑOR LA LA LA LA LA. OYE HERMANO, QUÉ BONITO ES CANTAR EL SEÑOR, LA LA LA LA LA…

En mi cuarto escuché al coro de la iglesia acompañarme y a los instrumentos del templo fortificar mi melodía. Subí el volumen. Alabé sin reparos. Mis hermanos pensarían que estaba loco, pero había que ser así, radical. Sólo a través de gestos desvergonzados de éxtasis cristiano alcanzaría la misericordia de Dios. Me salvaría del fuego y del manicomio.

–¡QUÉ BONITO, QUÉ BONITO ES!

–Nene, pero, ¿qué es lo que está pasando? –dijo Mami y entró por la puerta. Vestía los guantes amarillos de limpiar inodoros y la amonia de las manos picó el aire–. Tú no puedes ponerte así a gritar como un loco. ¿Qué van a pensar los vecinos?

No respondí. Viré la cabeza lentamente, pero escuché el silbido de Dios susurrarme "estate quieto, no digas nada, solo mírala a los ojos".

–Dime algo, di. Di. Di algo. ¡Levántate!

No me levanté y, obedeciendo al Padre Celestial, no quité mis ojos de los suyos. Ella corrió hasta mí y me puso de pie. No sentía nada debajo de la rodilla, solo el cosquilleo de sangre que regresaba a sus venas. Al ver mis rodillas, no se contuvo.

–¡NENE, POR DIOS! –gritó y limpió el hilo de sangre que bajaba a la alfombra–. Ay, vente, vamos a limpiarte.

–¡Mami, me arde, me arde! –grité. La amonia en los guantes penetrabas las úlceras de mis rodillas.

Sacudió las manos y los guantes cayeron al piso. Me cogió al hombro y me metió enterito en la ducha.

–¡Tengo que orar, déjame, tengo que cantarle, suéltame!

–¡Maro, envíale un beeper a tu pai, para que venga, que hay una emergencia!

Al cerrar la perilla de la ducha, me arropó en dos sabanas y me secó la desnudez. Dejé que lo hiciera. Mami derramaba lágrimas que pintaban de rosa su piel blanca. Me llevó al cuarto y me cubrió desde los pies hasta el pecho con la sábana.

–Eyerí, todo va a estar bien, ¿oíste? Son pajitas que le caen a la leche –susurró. Esas palabras mentían. No eran pajitas, un palo de roble había caído sobre la casa. Quería que me entendiera, pero Dios ordenó silencio. Entonces le hablé con los ojos:

> Mami,
> ¿por qué no entiendes que si desobedezco
> las leyes terrenales,
> es para obedecer a la palabra de Dios,
> que si me encierro en este cuarto, es para
> ser libre,
> que si actúo como demente es para estar
> cuerdo,
> que si sangra mi piel, mi alma sana,
> que si busco el silencio es para escuchar
> a Dios?

No podía serle fiel a dos amos. Entre mi madre y mi Dios, la madre salió perdiendo.

Pasaron unas horas. De vez en cuando Mami entraba y me velaba. Suspiraba. Esperaba a Papi. La escuchaba enviarle mensajes por *beeper,* pero mi padre no le respondía. Tarde, bien tarde, a la hora del viento y los coquíes, regresé a mi guarida a entrelazar mis rodillas con mis brazos.

–Dios, no sé qué más hacer. Creo que ya estoy cerca del fin. Tengo un ardor en los ojos por el cloro y la amonia de mi madre, y siento que se me cae la piel.

Mami está destrozada porque no entiende que sigo tu plan. Pero Dios, *please,* te juro que se me agota el aire. Me siento como si en el esófago viviera otro yo. Está atorado ahí y yo lo dejo atado y me dan retortijones, pero pienso "¡qué rico que me duele todo porque estoy pagando el precio!". Pero, ¿el precio de qué? ¿Una salvación? Yo me conformo con volver a reír. Te juro que cuando me quites este demonio solo voy a escuchar bandas de rock cristiano, ni Stryper ni nada. Pero, *please,* ayúdame, tengo tanto miedo y me tienen tanto miedo aquí. Mi Mamá, miedo, mi pai, miedo. Mis hermanos, terror. Quítame estos retortijones. Sácame el demonio. Sí, espérate, te oigo, susurra, por ahí viene el silbido…

Abrí los ojos y la Biblia ya estaba en la cama, a pulgadas de mis dedos. Observé las páginas cerradas y esperé que la sombra divina me mostrara dónde debía leer. La sombra cortó por el libro de Isaías y me topé otra vez con el 30. Dios reprendía a su pueblo por preferir deseos sobre divinidad. La sombra guió mis ojos por el mar de versículos hasta una oración liberadora.

> Pueblo de Sion que habitas en Jerusalén, ya no llorarás.
> ¡El Dios de piedad se apiadará de ti cuando clames pidiendo ayuda!

Que alegría saber que Dios por fin reconocía mi sacrificio. Qué alivio ver que todo mi dolor, humillación y atrición no habían sido en vano. Dios me liberaba, pero otra vez me advertía que, si en realidad quería ser libre, si de verdad quería llegar a esa pureza divina, no bastaba con regocijarme en ese momento. Le faltaba mucho a mi encomienda. Debía continuar escuchando, buscando silencios, alejando a los demás, y sí, debía desobedecer a los reyes de Babilonia, desobedecer a Mami, a Papi. Inmediatamente sentí el rayo de Dios hacerse una directriz que apareció escrita en algún pizarrón de mi memoria. La orden era clara. No había otra forma de interpretarla. Ya que estaba tan cerca de la gloria, me dispuse a obedecer. Los retortijones confirmaban que había llegado el momento de ejecutar la acción. "Prepárate", me dijo Dios. "Ahora no hay marcha atrás". Desabotoné la pijama y con los dedos fui bajando los calzoncillos hasta las rodillas. Y dije dentro de mí, con miedo a que Dios escuchara, que yo no quería hacer eso. Que yo no quería enfadar a Papi, que no quería herir a Mami. Que esto era para agradar al Señor, al Señor que ellos mismos me habían presentado aquel día en el Templo A.T.L.A.S. Ya era hora. Dejé que bajara hasta el piso y el horrible olor que dejaba en su paso llenó el cuarto. Lloré en voz baja para que Mami no se percatara. Ya había bajado toda la caca al piso y había machando mis piernas y dejado un pequeño charco en el piso. Con el dedo comencé a escribir.

No puedo recordar cuánto tiempo transcurrió. Esa espera la pasé en una oscuridad como si no tuviese ojos. La mierda se endurecía y el versículo divino se aferró a la pared. De repente, el grito de mi madre, las lágrimas de amonia y cloro. Las pisadas de oso de Papi en las losas italianas. Escuchaba la desesperación de Mami como si estuviera al fondo de una lata de galletas.

“Y entonces profanarás a tus ídolos enchapados en plata y tus imágenes revestidas de oro…”
Había escrito con el índice en cursivas un arco de un lado al otro de la pared.
“… les dirás fuera de aquí”.

Había mierda en la silla, cama, piso y espejo. Había residuos de caca en mis manos y rostro. El viento de la montaña llevó el hedor a las narices de mi madre y la pobre corrió a devolver en el pasillo. Papi corrió, me enrolló en sabanas limpias y me cargó en su regazo como un infante. Los vómitos de mi madre y las lágrimas de mis hermanos espantaron a los gallos que anunciaban el sol.

Papi me quitó la pijama, camisilla y calzoncillos. Se pintaba de mierda con cada prenda que retiraba. Me tapé mis partes al encontrarme desnudo frente a él y él me encerró en la ducha helada de un tirón. El frío fue quemando el miedo y la mierda. Mi padre también se desnudó y empapado frotó el jabón áspero por mis piernas y brazos. Me viró y enjabonó la espalda. No decía nada. Frotaba y frotaba para así borrarme la mierda, o borrarme y punto, sacarme de la imagen, limpiarme hasta eliminarme. Luego, de frente, buscó en mi cara rastros de mierda, pero lo que encontró fueron mis ojos. Cuando los vio tan asustados, con vasos sanguíneos haciendo truenos en las pupilas, me abrazó. Sentí aquel pecho mojado, cubierto en la adultez de sus vellos y su olor.Una hora más tarde, mi Mamá soñaba bajo el efecto de alguna píldora para los pensamientos y mi padre me secaba los pies de los dedos, un gesto tierno y bíblico. Colocó una sudadera suya sobre mi calzoncillo blanco y una camisa gris sobre mi pecho. Antes de acostarme a dormir en la cama con ellos, mi padre partió una pastilla en dos. La observó contra la luz del techo, me puso la mitad en mi boca y me dio un vaso de agua. Allí estaba, carne de mi carne, en la cama con mis padres, compartiendo el remedio de una pastilla divina. Le pediría perdón a Dios el próximo día por no dormir en mi cama, por no permanecer bajo el arco de las palabras bíblicas que me había susurrado en la noche.

Cuando me levanté estaba solo en la cama. Escuché detrás de la puerta el murmullo de personas, giré la perilla y abrí la puerta. Cloro, todo era cloro. Había que limpiarlo todo. Al final del pasillo, frente a mi cuarto, mis primos Moncho y Tatiana guardaban en bolsas de basura los rastros de mi locura. Quedaron tiesos al verme. Retrocedieron como si hubiera sido el Diablo, y me asomé por la puerta. Lulú, mi otra prima, con la boca enmascarada, borraba los versículos de la pared. Sentí coraje en el estómago y luego sentí la mano de mi padre en mis hombros.

–Vente, no huelas ese cloro. Cámbiate –ordenó y puso en mis manos una muda de ropa.

Al salir del baño me tomó de la mano. Cruzamos el pasillo y bajamos por las escaleras. Desde el segundo nivel vi a mi madre desconsolada en la sala. Titi Lourdes le sobaba la espalda como si pudiera sobarle el corazón.

Al verme bajar, Titi le murmuró algo en el oído y la escondió en la cocina. Papi y yo salimos por el garaje.

En el Taurus, un terrible silencio empañaba el aire. El sol amarillo y castigador traspasaba los cristales. Examinaba la piel que mi padre había limpiado y, con vergüenza, escondí mis uñas bajo los muslos. Quería preguntar, "¿Papi a dónde vamos? ¿A dónde me llevas? No me asustes, no me lleves a una casa de locos". Ahí se me metieron en la cabeza las escenas de *El niño que enloqueció de amor*. El niño que también tocó tan bajo que nunca supo regresar a la superficie. Pero Papi, aunque era así de serio, tenía un radar. Su radar no era tan bueno como el de Mami, pero lo tenía, y escuchó la arritmia de aquel corazón de *teenager* cagado de miedo.

–Eye, no te preocupes.

–Papi, ¿a dónde tú me llevas?

–No te preocupes.

–Pero, esta noche, ¿vuelvo a dormir en casa?

–Por supuesto.

–Pero, ¿a dónde vamos? ¿Al hospital?

–Algo así –se me salieron las lágrimas. Me llevaba al loquero, a quitarme la loquera o a encerrarme para siempre.

–Papi, ¿pero esta noche voy a dormir en casa? ¿Me lo prometes?

–Sí, Eyerí.

Puso su mano sobre la mía. Miré al sol y pestañé. Regresé al recuerdo de Anaudi. No me había permitido pensar en Anaudi y mucho menos disfrutar todas las vocales de su nombre. Al decirlo abría y cerraba la boca como si su nombre fuera un beso. Aunque sabía que Dios se molestaría, por un segundo, me entregué a la memoria de su nombre. ANAUDI. ANA-U-DI. ANAU-DI. A-NA-U-DI. ANAUDI. ANAUDI. ANAUDI. Un beso. Aire sin vocales.

Capítulo 15

Papi espantaba los nervios respirando hondo de forma rítmica, espulgando miedo y rabia a la vez. Yo le sacaba peos al sofá de cuero con cada meneo nervioso. Esa era la oficina de la sicóloga amiga de Papi. Frío, espanto, desespero. Un cuadro tridimensional en la pared dibujaba la silueta en neón de una ciudad. Edificios, palmas, dos delfines y un sol parpadeaban bajo el título en cursivo y resplandeciente:

SPARK CITY, MIAMI CITY

–Eye, por amor a Dios, estate quieto –la voz de Papi oscilaba entre compasión e ira.

–Ese cuadro –respondí.

–¿Qué? ¿Qué pasó con ese cuadro?

–Eso es un cuadro de hospital.

–Eye, por Dios.

–Sí. Tú piensas que estás en Miami, pero estás en un manicomio.

La perilla chilló y uno tacos anunciaron a la sicóloga en las losas de terrazo. Dejé mis ojos en el piso mientras ellos se desbordaban en saludos.

–¡Doctor, *congrats*! Dicen que su medicina alternativa dio esperanza a esos pacientes. Qué fea esa pandemia, ¿verdad? Tanto joven. Tanto joven guapo, echado a perder.

–Pa eso estamos aquí, Yelitza, para sanar. Pa eso nos puso Dios en esta tierra.

–Y la tierrita que nos ha tocado, nene.

–¿Tierrita?

–Bueno, perdón, Doctor. Tierra, tierra, tierra, Puerto Rico es una tierra, no es tierrita. Tiene razón.

Con disimulo, se alejaron hacia una ventana. Bajaron el volumen y dialogaron. Él meneaba la cabeza. Ella asentía. Él se cubrió el rostro con las manos. Ella le tomó las manos y aplacó su frustración.

–Eyerí, tú te quedas conmigo un ratito nada más en lo que tu papá nos compra unos *Ginseng UP!* en Mary's Health Food. Un ratito, nada más, ¿sí?

¿Qué iba a hacer? ¿Negarme? ¿Gritarle a Papi desde el fondo del estómago que yo no estaba loco? ¿Que un ratito seguro sería para siempre o que *Ginseng UP* jamás sería *7 Up*?

Antes de salir en el Taurus, Papi me despeinó el pelo de forma cariñosa. Que no me preocupara, que regresaría, su gesto me decía. Entonces, relajé la espalda, extremidades y lengua. En la oficina de la Doctora Yelitza se respiraba un olor a potpurrí, un mejunje floral para calmar las ansias entre paredes verde pastel. En contraste con el consultorio de Jota Jota, esa oficina carecía de fotos carismáticas. Allí las paredes gritaban en dos idiomas.Las frases *We are the Champions!*, *Eye of the Tiger!* y *¡Yo puedo romper barreras!* colgaban en cuadros enmarcados.

Dejé huellas en la alfombra mullida y gris y me recliné en un sofá liviano con reposabrazos tallados. La doctora anotaba garabatos en una libreta amarilla y nos separaba un escritorio de hierro y vidrio. Escribía con tanto ahínco que los rizos de su pollina temblaban en su frente. Ojos serenos, labios de un tono coral seco. El exceso de maquillaje apenas cubría los cráteres que había dejado el acné en su adolescencia. Sonrió. Los doctores sonríen cuando eres el último paciente del día.

–Aquí estamos, aquí llegamos. ¿Estás bien? ¿Quieres agua, refresco? Tengo agua de tamarindo o jugos del país.

–No. No tengo sed.

–Todo comienza por el principio, ¿no? Bueno, empiezo yo. Soy doctora, catedrática en la UPR, chef de comida macrobiótica, fanática de Mafalda, loca del Scrabble y madre orgullosa de dos Shih Tzus: Mía y Tuya. ¿Te gustan los nombres? ¿Mía y Tuya?

–¿Qué es un Chit-chu?

– Shih Tzuuuus… Perros, perritos. Bueno ahora te toca a ti. Cuéntame de ti.

Las palabras se reusaron a salir de la garganta. Pude ver las oraciones en el aire aunque no las dijera:

Soy un endemoniado
tengo un demonio
tengo un apetito adentro
Dios me extirpará el Diablo
mis padres me odian
mis hermanos me temen
ayer me cagué encima
ayúdame

sálvame de Diablo
. . . y de Dios.

–¿Sabes por qué tu papá te trajo aquí, no?

–No –respondí. Mis ojos de perro regañado lloraron otra vez.

–Tranquilo, Eyerí. Tranquilo –dijo con voz maternal–. Mira, tus papás están un poquito preocupados. Eso es todo. No pasa nada. Solo quieren saber que estás bien. *Tip top shape. That's it. Tip top.* Si tienes algo que decirme, dímelo. ¿Hay algo que te preocupe?

Tip top tip top tip top tip top. Sus palabras eran las manecillas de un reloj. Un péndulo hipnotizador. Quería adormecerme, sacarme de mi carne y colocarme en mi cabeza.

–Eye. Eye. Eye. Responde –imploraba la doctora.

Eye, Eyerí, *Eye,* el ojo. Me había arrancado el nombre. Me había arrancado el ojo. Quería mis memorias: Jota Jota, Lizardi, Anaudi, la caca y todo lo que le había contado mi padre. Yo era una radiografía, vigilado, cercado, envuelto en las frases enmarcadas de aquel cuarto de manicomio. Entonces sentí el susurro de Dios en mi oído. Obedecí.

La Doctora Yelitza se congeló como estatua. Sus ojos mostraban el terror de quien está atrapada en su cuerpo. Caminé y le soplé a los ojos. Uno, dos, tres soplos. Nada. Ni parpadeaba. Caminé entre los muebles de ratán y respiré las flores secas de la oficina. Me fui de rodillas y alcé las manos. Dejé que la voz fluyera y la garganta le regaló a Dios una alabanza. Fue una gaviota lo que nació en dos versos y tres coros celestiales.

–¡Mira, Pedro, avanza y coge pa acá, que tu hijo está arrodillado en el piso gritándole cosas al techo. Sin camisa. Ni pantalón. No, ya mismo, no, puñeta, me sacas al muchacho ahora! ¡Eye, Eye! –la voz de la doctora era la voz de quien grita dentro del mar.

Eye, *Eye,* me quería robar las memorias, me quería robar el ojo.

* * *

En la Academia A.T.L.A.S. habían intensificado los esfuerzos para encontrar a Reinaldo. La policía merodeaba los predios por miedo a que otro alumno desapareciera y en el pasillo hacían conjeturas de lo sucedido. Lida Gaitán dijo que ya lo habían encontrado en el patio de su casa en Cupey con un pedazo de madera encajado en la boca, que ya lo habían enterrado y que el responsable trabaja en la academia.

Entré a la clase de religión, ahora comandada por la sustituta de Ms. Olavarría. Mujer redonda, de pelo muerto. Nos vigilaba en vez de vigilar su apariencia. Un toque en la puerta y Mr. C. entró con su secretaria de camino a la suplente. Después de unos susurros, la gorda miró en mi dirección y con el índice me llamó a su escritorio. Mr. C. acercó su nariz a mí. Podía ver los cráteres, barros y espinillas de aquel monstruo.

–*Follow me*, Eyerí –dijo. Salió por la puerta y lo seguí.

Marché detrás de Mr. C. y su secretaria. El pasillo B se hizo angosto y los rostros de los afiches se tapaban las bocas. Por un segundo me pregunté si había desayunado por la mañana. Estaba mareado y desorientado. Mr. C. hacía ecos con las suelas de sus zapatos y el orín del baño me picaba las fosas nasales. Una briza seca bailó por el pasillo y mis extremidades sintieron la caricia mientras los ojos de Reinaldo me vigilaban desde las fotocopias grapadas. Ojos llorosos, ojos fotocopiados, ojos que me decían adiós.

Me dirigía a mi juicio final. Había profanado la academia y su director. Le rompí los dientes a un endemoniado y mi padre desempleó a un miembro de la oligarquía A.T.L.A.S. No habría misericordia. Murmuré una oración y bajamos hasta la glorieta. Hicimos una izquierda y pasamos a la oficina del principal. Continuamos hasta traspasar las puertas de cristal del templo. No me encontraría con la ira del Mr. C. sino con la de su padre. El Míster de los Místers. El Míster con macana. Quise salir corriendo.

Mr. C. y la secretaria me escoltaron hasta un banco aledaño a la oficina pastoral.

–Quédate aquí y no te muevas hasta que Él te llame –ordenó Mr. C. y partió.

Me dejó solo con la cruz de neón y el letrero de *Jesus Saves* en off. El templo, sin alabanzas, cánticos o palabras esdrújulas, era una caverna húmeda y cruel. Aunque era la casa de Dios, temí la presencia de otros espíritus. No contuve el deseo y caminé en puntitas hasta una ventana. Al otro extremo estaba el patio. El pozo.

El hermoso pozo donde ahogaba mis pensamientos con algas y gusarapos. Un policía supervisaba a dos conserjes que extirpaban el contenido del pozo con rastrillos. Empujaban, halaban, meneaban el lodo. Retiraron bejucos y lianas hasta vaciar el pozo.

Un chillido. La puerta del pastor se abrió y me alejé de la ventana.

–Pasa, *come in, yeah, yeah, it's your turn* –dijo el pastor desde las entrañas de la oficina.

Seguí el eco de su voz hasta entrar en aquel lugar vetado a los alumnos. Hileras de escritorios vacíos a ambos lados de la oficina. Una nube de polvo cubría grapadoras, pisapapeles y maquinillas. Espejos en las paredes. Me detuve a ver ese yo corroído por el desespero y la devoción. Cabello alborotado, ojeras profundas, ropa holgada. Un espantapájaros.

–Avanza, nene, *c'mon, c'mon* –dijo y me invitó a su despacho privado.

Nos sentamos en una enorme butaca de cuero frente a otro espejo. Sonrió y domó su cola rubia hasta hacerla un rabo. Retiró los espejuelos que usaba en las prédicas y temblé ante la presencia de aquellos ojos grises. No envejecía. Aunque era padre de Jota Jota y de Mr. C., su rostro liso y su voz de baterías *Energizer* lo hacían un veinteañero eterno, un vampiro celestial. Quise tocarlo. Darle un cumplido. Confesarle que veía todos sus anuncios en el Canal 4 y que en casa solo usábamos el *Ultra Plush A.T.L.A.S. Toilet Paper. Clean Clean Chiqui Bum Bum*, decía el comercial. Y el trasero de oro de un bebé aparecía en la pantalla.

–¿Tú viste la película *License to Drive*?

–Sí… claro –dije en voz angosta y débil.

–Yo no. *I didn't see that.* Pero hasta yo tuve que reconocer algo. Hay poder en esos Coreys: el Haim y el Feldman. Los hoyitos en los cachetes. Ojos verdes y azules. Y, *of course*, un carro baja *panty*. El sueño de todo un *dandy*. Yo, yo no la vi. Pero, ¿sabes que vi? El poder. Dos mamaos sin pelo en el pipí llenaban las salas de Plazas Las Américas. Ahí fue cuando Dios puso una inquietud en mi corazón.

De su escritorio retiró un afiche y lo colocó en un trípode de acero. Trasfondo rosa y amarillo. En el centro un BMW futurístico saltaba de un pequeño globo terráqueo. El pastor guiñaba al viento desde al asiento del conductor. La frase en brillantina *License to Fly* flotaba sobre la imagen. Sonrió de oreja a oreja. Una película. Una película con el pastor. Ahora estaría en todos lados: en la pantalla grande y la chiquita. En el radio. En los comerciales. En las oraciones y los sueños.

Continuó:

–El mundo está hecho para los mundanos y el cielo para los cristianos. Tú y yo somos cristianos. Y no debemos contaminarnos con las cosas del mundo. Pero, ¿qué vemos en la tele, en Plaza, por Cable TV? Películas, porquería y chabacanerías. Que si Corey Haim. Que si Corey Feldman. Que si *Punky Brewster*. Que si *Who's the Boss*. Que si *Lost Boys*. Y Dios, ¿dónde queda? *Where does God fit in your TV?*

Mi quijada asentía. Mis cejas se arrugaban, pero no comprendía la inquietud del pastor.

–Eyerí, *I have big dreams*. Sueños grandes. Quiero hacer películas cristocéntricas. Quiero hacer el templo más grande del Caribe. Quiero hacer que mi templo sea el Plaza Las Américas de las iglesias. Que adentro tenga de todo: academia, cine, shopping, helados, barquillas, nenes viendo películas evangélicas, mamás midiéndose ropa de maternidad, papás enseñándole a sus hijos a disparar rifles. Quiero NUESTRO mundo, un mundo dentro del mundo, una colonia dentro de una colonia. Que tengamos nuestras leyes. Nuestra moneda. Den a Dios lo que es de Dios y al César lo que es del César. Mateo 22:21. Pero, *Houston, we have a problem.* Esto del nene perdido, es como dicen en el mundo "un *huge PR mess*", un reguero de Puerto Rico, un reguero de relaciones públicas. ¿Viste los escritorios vacíos? A unos los tuve que despedir y otros se fueron. ¡Porque no aparece el dichoso nene ese! Y yo no pretendo que tú tengas las respuestas, pero *maybe yes, you. Maybe God chose you to be his messenger, his hero*, su héroe. Tal vez tú tienes la respuesta. Tal vez es otro. No sé, pero estoy hablando con todos porque en la multitud de consejo está la sabiduría. Proverbios 11:14. ¿Sabes algo? ¿Algo de alguien? *Something weird. Something queer. Something. Anything.* Tú tienes el poder de mantener este sueño. Pero solo si eres tú el escogido. Tal vez no. Y si no eres tú, no pasa nada. ¿Hay algo? ¿Sabes algo? Dime, dime, dime, *tell me, tell me, tell meeeeeeeeeeeeeeee* –y la voz del pastor se desinfló como un globo de helio.

El pastor buscaba un escogido y, coño, tal vez era yo. ¿Por qué no? Si era yo el que me iba de rodillas hasta sangrar. Fui yo quien desafió a los reyes de Babilonia. Fui yo quien escuchó el susurro de Dios. Quien obedeció. Quien escribió el versículo de Dios en la pared con el contenido mis vísceras. Pero en el baúl de memorias no había ni un volumen o un capítulo, ni siquiera una página de Reinaldo. Reinaldo, con el poder de aquella anonimidad, desgarraba el sueño imperialista del pastor. Y yo no tenía noticias sobre el niño desaparecido. Querer darle una respuesta a quien tal vez tiene la llave para tu salvación y no poder es una paliza a tu sistema. Mueres, eres un espantapájaros. Lejos de poder acercarte a ese segundo en que Dios dice "¡Basta, libérenlo! ¡Devuélvanle su juventud!", sientes el suelo hacerse arena y las rodillas hundirse. Luego las caderas. Dos, tres, cuatro libras de caderas. El torso, el cuello y la boca.

Mudo. Sordo. Ciego.

Capítulo 16

En la tercera fila, justo al frente del altar, percibí que el Templo A.T.L.A.S. no era el mismo. Ese domingo había perdido potencia. Las luces no brillaban con la misma intensidad. Los aplausos se hacían eco en los bancos vacíos. Mis padres bostezaban y esperaban con rostros de aburrimiento a que comenzara el espectáculo.

Mami dio palmadas a los muslos de los nenes. "No jodan más", repetían sus ojos, pero Maro y Pedrito simulaban aviones de guerra, abrían las manos y dejaban caer bombas invisibles que estallaban en la alfombra.

Bárbara llegó, y los aplausos de la audiencia no eran aquellos a los que estaba acostumbrada. Su rostro, un poco avergonzado, notaba, al igual que yo, la ausencia de quienes la llenaban de energía. Irguió el mentón para sacudir la incertidumbre y soltó una amenaza para poner en "ON" nuestra máquina espiritual.

–*IS THIS THE TEMPLE OF GOD?... IT'S MORE LIKE THE TEMPLE OF DOOM!* –aspiró y llenó su pecho de Cristo–. *Do you know what God does when he sees this?* ¿Tú sabes lo que Dios hace cuando ve caras largas? Dios llora. ¡Están hiriendo a Jehová! Si tú me invitas a tu casa y, cuando llego, tú estás mapeando o viendo televisión, ¿cómo creen que yo me sentiría?

Pues, Dios, *THE LORD OF LORDS,* te ha invitado a su mansión, y tú pensando en pajaritos preñaos, que si tengo que lavar cuando llegue a casa, que si tengo que pagar las cuentas, que si esto, que si lo otro. *STOP!* DALE *REWIND!* Y dale *PLAY* a tus neuronas.

La banda arrancó con una melodía pop. La guitarra eléctrica rasgaba con acordes metálicos y el volumen del bajo se colaba por los pulmones haciendo latir al corazón. Nos fuimos parando de los bancos con un poco de optimismo hasta que nos percatamos de que faltaban voces en el coro.

–Dale *PLAY,* Dale *Play,* Dale *Play* a tu corazón –cantaba Bárbara.

Dos terceras partes de la iglesia le dieron *PLAY* al corazón. El resto estaba en *PAUSE.* Habían perdido las baterías *Duracell* de su conejito espiritual. La desaparición de Reinaldo drenaba a muchos de sus creencias. Sin creyentes no había iglesia y sin iglesia, no había templo.

Bárbara se cansó de animarlos. Bajó las manos y lanzó una mirada mortal para que el coro y la orquesta se detuvieran. Arregló las mangas de su vestido turquesa y descansó en una de las sillas pastorales. A su lado Mr. C. y al otro, Jota Jota. El pastor aplacó los aplausos al entrar al altar, e inclinó su barbilla. Decenas de ojos suplicaban que su prédica despertara eso que el espíritu del niño perdido había matado.

–*You know what? I know what you're thinking.*

Había algo en las entrañas de su voz, una fuerza electromagnética que se enroscaba con las neuronas.

Secuestró nuestra atención. Caminó pasos de vals hasta el centro del altar y un foco destacó el traje y chaleco de detective inglés que lució ese día para descifrar nuestras transgresiones.

–*I bet you think*, "ja, este no va a decir na, ni se atreve, si lo dice lo demandan y si no lo dice lo demandan también", pues, *my friend*, *I'm sorry*, lo siento, *you're wrong*, estás mal. Mi Dios no le teme a una demanda, no responde a las leyes terrenales. Tú piensas que, porque no ves el milagro, no ha ocurrido. Que, porque no tenemos respuestas, no hay solución. Que, porque no aparece ese hermoso hijo del cielo, no estamos haciendo nada. Pues, sepa usted que estamos haciendo. Dios está abriendo puertas, revelando pistas, resolviendo misterios, desenterrando pasados y revelando futuros. *The Big J.C. is the Best DICK. The Big Jesus Christ is the Best Detective* –con esta última oración sus ojos se posaron en los míos y mis órganos se activaron como si me hubiesen puesto una *Duracell* por el culo–. *I understand. He understands. He gets it*. Ahora, ¿qué vamos a hacer cuando las cosas se pongan malas? *Back down*? ¿Echar pa atrás? No. *NEVER*. Este país no está libre de pecado. ¿Cuánto no ha hecho Puerto Rico para ofender a Dios? Pero Dios dice, *I don't get tired of you, even if you get tired of me*. Te quiero, aunque no me quieras. Te amo, aunque me rechaces.

Los instrumentos renacieron e hicieron una vibración sonora detrás del mensaje de El Enviado Spencer. El coro se unió y armonizó una silabas sueltas que levantaron a los creyentes de los bancos. El pastor continuó:

–Dios te pide absoluta lealtad, aunque falte o sobre. A nosotros nos falta, perdimos a alguien, pero esto es solo una prueba. *TESTING. TESTING. ONE. TWO. THREE.* Dios nos ordena que nos regocijemos. *REJOICE. RE-JOICE. RE-JOICE. RE-JOICE!* –las últimas sílabas lanzadas al candelabro del techo hicieron saltar al coro, guitarras e instrumentos de viento.

–RE-JOICE RE-JOICE, RE-JOICE!

Todo el templo se empapó de gozo a pesar de la desaparición de Reinaldo. El niño innombrable. El niño en las sombras.

* * *

Luego del culto, en lugar de ir al Wendy's de la Avenida Degetau, Papi condujo hasta la intersección con la Carretera #1 y se estacionó frente a un *minimall.* El toldo verde del restaurante mostraba a dos conejos blancos peleándose por una zanahoria bajo las letras en cursivo "*Mary's Health Food*". Entramos. El frío del supermercado me abrazó la piel. Las cajas registradoras estaban desiertas y Air Supply por las bocinas gemía la melodía de *"All Out of Love"*.

Maro fue de puntitas hasta una góndola y agarró un dulce envuelto en papel metálico.

–Ca-Ca-Ca-Ca –Maro le daba vuelta a la envoltura para leer el nombre–. CACA, ¿Esto es caca?

Detrás de una puerta apareció una dama. Cabello cobrizo con pinceladas blancas. Semblante de tía llegando a abuela. Jeans y polo verde. Llevaba el nombre

Mary's Health Food bordeado en su bolsillo.

–No es caca. Aquí nada es caca. Aquí todo es salud, nutrición, belleza, serenidad, paz, amor, libre albedrío, sanidad y cosquillas en el cutis –esa era Iralma, la dueña. Le arrancó el dulce a mi hermano–. Esto es *carob chips*. Te endulzan el corazón y reducen los chichos –dijo, y le devolvió el dulce a Papi.

Papi e Iralma se abrazaron. Antes de unirse a una de las industrias multinacionales, Papi administraba su oficina médica al lado del restaurante de Iralma. Papi enviaba a los pacientes al restaurante e Iralma anunciaba los servicios de Papi en afiches, fotocopias y tarjetitas.

–Usted debe ser Estrella– dijo y le dio beso y abrazo a Mami, quien no pudo transformar aquella mueca en sonrisa–. Nos hace una falta su esposo.

En segundos, Iralma nos acomodó en el banco izquierdo de la única mesa del restaurante. Colocó cubiertos y servilletas y trajo tres jarritos de jugos naturales. Maro, en la esquina, escupía pedazos de *carob chips* que mi madre intentó meter en su cartera con disimulo. La voz de Air Supply ahora lloraba *"Lost in Love"* y podía sentir las lágrimas.

Una pelirroja traída de un filme de Disney se acercó a la mesa. Ojos marrones. Pecas hasta en las pupilas y palabras con olor a piragua de frambuesa.

–Aquí está el menú. Al frente están los platos del día y atrás unas batidas naturales exprimidas al instante y libres de ingredientes artificiales. No sé si Iralma, la dueña, les explicó que aquí usamos vegetales del país, los productos son libre de lactosa y cocinamos con aceite cien por ciento vegetal. Las batidas las hacemos con agua de coco, el café es de Jayuya y los postres los hace una cooperativa de abuelas retiradas en el sector del Sobaco que dependen de esas ventas para pagarse la luz y la insulina.

Mis padres esperaron a que la chica Disney diera media vuelta. El menú les arrancó risas como si en lugar de comida mostrara pornografía.

–Pedro, ¿tú me vas a decir que tu amiga Iralma quiere que pagues $15 por un plato de arroz y habichuelas que yo puedo hacer en casa? Con razón aquí no hay nadie.

–Pues, Estrella, tú sabes cómo es. Las cosas están malas y la gente lo que come es Wendy's, Burger King, y, si acaso, los chinos de la plaza. Nada saludable. Nada para el alma.

–Bueno, aquí no estamos pagando por el alma, estamos pagando por el acondicionador de aire.

–No te quejes tanto, negra. Ven aquí –Papi llegó a su oído y le cantó en inglés pangola la canción que salía de las bocinas.

–Estúpido, cántame Silvio, Serrat, como cuando estábamos en la IUPI –respondió Mami con ojos de esperanza e incredulidad.

Una familia con rostros de indignación interrumpió aquel momento Kodak. Sentaron sus traseros en el banco derecho de la mesa y miraron a su alrededor como si estuvieran en un inodoro gigante.

–Imagino que es su primera vez aquí –Mami les entabló charla.

–¿En el restaurante? Sí –respondió la esposa.

–¿Y en Caguas? –preguntó Papi.

–También –respondió el esposo.

Entraron en otro segmento de silencio y miradas incómodas. Sus hijos y mis hermanos se amistaron sin reparos y simularon una guerra con unos aviones en miniatura. Papi y el esposo de la familia se miraron a los ojos.

–¿Qué los trae por Caguas? –preguntó Papi.

–Dios, Dios nos trae a Caguas –el padre tenía una voz aguda, más aguda que la de su esposa.

–Ah, ¿son creyentes? Mi esposa y yo también. De hecho, acabamos de venir de la iglesia.

–Nosotros venimos del hospital –respondió el hombre. La voz más chillona con cada oración.

–Lo siento mucho. Si se puede preguntar, ¿les ocurrió algo?

–Pues, hermano. Usted sabe cómo son las cosas. A un miembro de nuestra congregación lo confundieron con un bichote y le pegaron un tiro. Nosotros que le dijimos "no te metas a los caseríos de Caguas, que son peligrosos", pero no hizo caso. Es que él tiene una pasión tan y tan grande por esa gente de caserío...

–Dios lo proteja. Lo tendremos en oración –dijo Mami.

–Gracias hermanos –dijo el castrato–. Santos, Santos Alberti, y mi esposa Clara.

–Estrella, y yo soy Pedro.

Así era el poder de Air Supply: hacía que todos se quisieran y se amaran. Sus melodías azucaradas le hacían cosquillas a Dios y sus servidores. Los Alberti y mis padres rieron, bebieron aguas macrobióticas y compartieron pastelillos de guayaba. Los nenes jugaron a la guerra. Los adultos jugaron a otra cosa. Que si qué tengo yo, que si qué tienes tú. Que mi iglesia tiene trescientos miembros. La mía tiene casi mil, y toda aquella retahíla de comparaciones. Los Alberti eran realeza evangélica, miembros fundadores de la Iglesia Torre de Marfil de Carolina, la que tenía un zoológico y una pastora en vez de pastor. La princesa de Disney colocó los platos en la mesa y los adultos cambiaron de tema.

–Oiga, Don Pedro. ¿Usted no se enteró de lo que pasó en Caguas el viernes pasado?

–No. Caguas es chiquito, pero no tan chiquito. Yo no sé la mitad de las cosas que pasan aquí.

–Sí, pero esto estaba por todos lados. El Mundo. El Vocero. El Nuevo Día. El Canal 2, 4 y el 7.

–Debe ser tremenda noticia. Un notición.

–No se burle, Don Pedro. Es serio. ¿Sabe? Los dos hombres que cogieron pudieron habérsele metido en la casa y violar a su esposa como hacen aquí en el campo.

Ahí Papi soltó una risa, pero el castrato siguió su monólogo.

–Dos, cogieron a dos hombres. Padre e hijo. Prófugos de la ley. Macheteros y marxistas.

Papi ya no lo escuchaba. Papi, Mami y yo regresamos a aquella memoria en la primera semana en aquella jodía montaña. La noche serena en la que dos extraños durmieron en casa. Uno de ellos durmió en mi cama. Fede y su padre. Macheteros, marxistas, vigilados y ahora encarcelados.

–Es que esos pipiolos están descontrolados. Son una amenaza. Mira, yo veo esa banderita verde y me entra un coraje –ya no había cómo parar la lengua de Don Alberti.

–¿Cuál es el problema con la banderita verde? –dijo Papi.

–¿Cómo que cuál es problema? –dijo el castrato levantándose y colocando sus dos puños en la mesa–. ¡Que son un reguero de comunistas que van a destruir al país!

–No se puede destruir a un país que ya está jodío –gritó Papi–. Y mire que estamos bien jodíos. Aquí, negocio que abre, negocio que cierra. ¿Usted ve allí? Allí estaba mi consultorio. Lo cerré. Lo cerré por los impuestos, por la mala paga y porque un día me encañonaron. Me tuve que ir con una de las farmacéuticas. ¿Pero un Walgreens y Wendy's? Uff. Esos abren y se quedan sin problema. Aquí a los que son de fuera los tratan con alfombra roja. To lo que sea gringo, el boricua se lo come aunque sepa a mierda. Y si uno se queja es fupista, marxista y nacionalista.

La lengua de Papi también había perdido el control. Hacía tiempo que no defendía la bandera, aquella bonita bandera. La bandera vigilada. La bandera contrita ante colono como yo ante mi Dios.

–A mí tú no me pongas en el dedo en la cara, pitiyanki.

–A mí no me faltes el respeto delante de mis hijos, comunista.

–A la verdad que parece mentira, dos manganzones, peleando como dos nenes chiquitos. Les debería dar vergüenza –dijo Iralma, metiéndose entre los dos. Clara, por un lado, arrastró a sus críos por los codos. Mami con una mirada nos paralizó. La princesa de Disney recogió los platos y todos quedamos congelados al escuchar una vez más a Air Supply que entonaba *"Lonely is the Night"* en su húmeda voz de sirena.

Capítulo 17

La media hora que demoramos en llegar a Certenejas, Papi no dijo ni jí. Mami intuitivamente meneó el sintonizador de la radio y cuando paró en la 90.5, Papi le dijo "No, sube, negra, que no estoy en el *mood*". Ella sonrió y giró el sintonizador a la izquierda: 95, 99, 100, hasta captar el 103. "A la gente que usted quiere no se le grita", dijo el locutor. Detrás del locutor, se coló la voz de Johnny Rodríguez. Qué canción triste, pero mis padres la entonaron como si tuvieran flores en sus bocas. De sus tráqueas fluyó la canción y llenaron el carro de bolero y tabaco. Es que nunca había visto a mis padres así. Eran los que conocí en las fotos que hallé en su armario. Mami se iba de tono y Papi se reía. Se meneaban al son "Fichas negras" con una frescura nueva y verde.

Hacía 10 meses que vivíamos en Certenejas, y pese a la cantidad de la maleza y árboles recrecidos que devoraban aquella carretera angosta, reconocía cada esquinita. Sin saber, me había memorizado ese tramo entre el pueblo y el campo de Certenejas. Mira, allí está la casita de zinc al borde del acantilado. Mira, allá están las tres cruces, bueno, ahora hay cuatro, de los camioneros que se fueron por el risco. Un poco más adelante, el letrero de metal anuncia el kilómetro 10.10, aunque en Puerto

Rico todo se mida en millas. Y allí está el letrero de *Maví sí, Estadidad No* junto al quiosco donde Papi salvó al epiléptico que temblaba. Papi admiraba el espesor del matorral y los múltiples tonos verdes que pintaban el paisaje. Subió el volumen de la canción. Las voces de Mami y Papi se entrelazaban, se hacían serpientes en pleno coito.

Yo no admiraba el valle. Las curvas me daban náuseas. Para mí, Caguas era un hoyo negro, un espejo del abismo que sentía adentro. Demoré en percatarme que odiaba a Caguas porque yo era Caguas y compartíamos los mismos ecos, silencios y demonios. Papi y Mami ahora cantaban completamente armonizados. Mami, voz de mezzosoprano, Papi, barítono, con trueno en las amígdalas y los testículos. El carro se llenó de lujuria.

Cerré la puerta del Taurus, ayudé a Mami con los muchachitos y entramos por la puerta de la sala. Papi se rascó la cabeza cómo si hubiese dejado algo en el Taurus y caminó hasta la cocina. En la distancia escuché el chasquido de una lata de cerveza y una garganta tragando el líquido dorado. No era O'Doul's, la cerveza de cristianos. Era Schaefer, la cerveza del pecado.

–Váyanse y métanse al cuarto a jugar con los Ataris, o los PacMan, o la madre que los parió –Papi les dijo a los nenes, y le lanzó un guiño a Mami–. Tú, Eye, ven –en cuclillas, Papi sintonizó con mis ojos. En silencio me rogaban: "por favor, no jodas más, puñeta". Por lo general, el único instrumento de conversación de Papi eran palabras aventadas a la pared. Con Cristo había aprendido a tragarlas. Ahora, desmejorado por esos días de tinieblas que le había causado, no tenía palabras. Tenía súplicas bordadas en sus pupilas, en cursivo, bien bonitas. Decían: "*Please,* no jodas más".

Subí con los nenes por las escaleras flotantes. Maro y Pedrito encendieron el Atari y el televisor. Desde el tercer piso, vi a Papi y Mami entrar al estudio. Abrieron el tocadiscos, subieron el volumen y cerraron la puerta. Objetos caían sobre las losas. Risas y "Ay, cabrón, cógelo suave". Un pequeño terremoto en el segundo nivel. Mis padres temblaban. Yo regresé al cuarto.

En ese domingo hondo y pesado, tan solo y sin dimensión, me fui otra vez de rodillas. Oré, alabé y canté. Canté en voz alta porque nadie en mi casa estaba despierto. De una forma u otra dormían. La melodía de la alabanza "Un día más", que le dedicaba a Dios, comenzaba monótona. *Vuelvo a tropezar, caigo y me levanto, un día más,* pero en la segunda frase, la melodía ascendía y descendía como una nube de mar. *No me dejes caer en valle negro y frío* y yo ascendía y descendía también mientras repetía la estrofa. *No me dejes caer*, y la caída se estiraba por varios segundos, al igual que la ola que muere en la orilla antes de volver a nacer. Me sentía como el ingeniero de aquella canción elíptica que me llevaba hasta la puerta de los cielos.

Así, tan cerca de la presencia blanca y efervescente, rogué otra vez por dirección porque, aunque habían pasado tres meses desde que le entregué mi alma a Dios, aún sentía el vacío de Caguas y de todo Puerto Rico en mi cuerpo. Era un vacío ectoplásmico, se había expandido de la tráquea a los pulmones. Sus tentáculos recorrían las costillas hasta llegar a los riñones, donde se purifica la sangre. Estaba infectado de Caguas y Dios aún no se dignaba a curarme. Hacía meses que llegaba de la escuela, me arrodillaba, oraba por horas y después Dios me hablaba a través de versículos en la Biblia que Él mismo interpretaba. Era el radical que El Enviado Spencer quería que fuera. Entonces, ¿por qué me palpitaba el corazón? ¿Por qué otra vez el sismo en mis dedos?

–Dios, no sé qué más hacer. Has dicho que salte y yo me arrojo por el barranco, que te ore y oro por horas, que me arrodille y mis rodillas sangran. Me ordenaste a través del libro de Isaac que escribiera con mis vísceras y en mi mejor caligrafía una frase en la pared de mi cuarto, y la escribí. Obedecí. Obedezco porque quiero ser feliz. Hace mucho que no sé lo que es ser feliz. Hace mucho que vivo en este lugar, en este cuarto, en esta oración eterna, en esta esquina del cielo desde donde veo todo mi pecado transitar como gusanos en la tierra. Ni siquiera me permito en pensar en A. Pensar en A. es invitar otra vez a los demonios. Solo te digo que estoy dispuesto a hacer lo que sea, pero, Papa Dios, *please*, quítame esto porque ya me queda poquito, poquito por dentro. Siento solo un hilito en el pecho. He dejado los dulces, el pan y las carnes rojas. Apenas como vegetales. Estoy cansado, me duelen las rodillas. Mi mamá está en pepas y mi papá otra vez escucha Nueva Trova. Ellos regresan al vómito, pero yo no. Yo estoy aquí rogando en tu presencia.

Dormí entre sollozos y, al levantarme en la mañana, mis ojos me ardían por los químicos que aún quedaban en las paredes. Los pies sintieron el frío de las losetas italianas e intuitivamente me arrodillé para recibir el nuevo día. Oré. Di gracias al cielo. Tenía algo nuevo en el corazón: el rayo del sol, el cansancio nocturno, no sé, algo me embebía de optimismo.

En el pasillo del Edifico B habían removido los afiches en blanco y negro de Reinaldo. Los alumnos asumieron que habían hallado su cuerpo, pero los maestros nos aseguraron que no, que aún desconocían el paradero del niño, que habían removido los afiches para que nos enfocáramos en los exámenes finales. Poco a poco, Reinaldo se fue convirtiendo en leyenda antes de convertirse en memoria.

En la clase de Miss Silverman no reconocí los garabatos que escribía en la pizarra. Desconocía las asignaciones desde que había intercambiado las palabras de los maestros por la Palabra de Dios. Una buena noticia: Wu y Taína habían revivido su amistad. A los mellizos Rosellón los enviaron a una escuela militar luego de impactar a una mujer con su *Little Red Corvette,* y los papás le prohibieron a Taína compartir con aquella manada de pendejos. Taína se quitó la cruz del cuello y el nuevo machete que colgaba entre las tetas era más grande, de plata.

–Bueno, ya todo el mundo sabe lo que pasó en la administración –Taína se acomodaba la melena azabache en un moño–. Tarde o temprano, siempre pasa.

–Qué, ¿qué pasó? –pregunté.

–¿Cómo que qué paso? Que terminaron botando al pobre Orlando –contestó.

–¿Al administrador? ¿Por qué?

–No se sabe, nene. Puede ser por mil cosas. ¿Tú eres ciego o no has visto las noticias?

–La verdad que no.

Wu brincó del banco de la glorieta. No podía creer mi enajenamiento.

–Loco, la iglesia A.T.L.A.S. tiene *issues* serios –dijo.

–¿Lo de Reinaldo?

–Lo de Reinaldo y los *Extra Sinner Killers* –Wu se acercó y bajó el volumen.

–¿Los juguetes? –pregunté.

–Eso mismo, las figuras de acción. Los juguetes cristocéntricos que vendían en el *gift store* de la Iglesia. *Extra Sinner Killers: Eliminating the Enemy*. Bueno, *whatever,* el punto es que algo tenía que envenenaban a los nenes y cayeron un montón en el hospital. Los *Sinner Killers,* coño, ¿quién diría?

–Pero, ¿qué tiene que ver Orlando con eso? –le pregunté a Taína.

–Pues, tú sabes cómo es, Eye. A alguien había que culpar. Él era el administrador, *the man behind the man* –dijo y se soltó la melena y le guiñó a Wu con el ojo izquierdo. Su mejor ojo.

Wu y Taína se enredaron en las lianas de sus conspiraciones. Que si murió este. Que si desaparecieron al otro. El corazón me palpitaba en las sienes y garganta. Pensé en Orlando. Pobre. Se esclavizaba en aquella oficina. Servía solo al pastor. Era un nadie, un cero, un chivo expiatorio. Sí, es verdad, una vez me regañó, pero en otra ocasión me salvó tiernamente de La Fosa. No le temía a mis chichos o deformidades. Ahora había desaparecido. Mi Puerto Rico seguía vaciándose. Uno a uno.

Así, tan lejos de Wu y Taína, aunque estaban juntos frente a mí, me hundí más en mis pensamientos, y por un segundo me encontré con el rostro de Anaudi. Los hoyitos en las mejillas. Los ojos de almendra. La piel de Anaudi, ay sí, la piel que tan desnuda se paseaba entre la niebla de las duchas compartidas del retiro. Anaudi y su piel. Anaudi y su espíritu. Haberme encontrado con esa puerta de mi pasado infundió en mí culpa, de esa que transita entre el esófago y el cielo de la boca, porque la culpa es una frase que no se puede decir, que se atora en el tórax. *Fuck. Men.* Mierda. ¿Cómo llegué aquí? Estaba tan bien. Hacía días me había encontrado con Dios, y ahora, ¿por qué me encontraba con el demonio?

–¡Me tengo que ir, me tengo que ir! –les dije. La culpa había tomado forma diabólica. Me sacó del banco e hizo que caminara de espaldas y despacioso como si yo fuese una granada. No quería estallar y dejar mi carne de pato en sus rostros.

–Eye, pero ¿qué es? ¿Cómo es que te vas? –dijo Taína, corriendo hacia mí.

–No sé. No sé –me viré y se llenaron los ojos de lágrimas–. Taína, Él no me deja. Él no me deja quieto.

–Eye, ¿quién? ¿De qué tú hablas? Me estás asustando

–Taína quiso abrazarme, pero pronto iba a estallar. Lo presentía.

–¡No me toquen!

–¡Eye! –Wu corría en mi dirección.

Puse mis dos puños frente al pecho y con mis ojos les pedí ayuda, pero no podía verbalizarlo. Miré hacia el cielo y apunté con el índice de la mano derecha. Que me salvaran, que me salvaran, del Diablo y también de Dios. Pero solo susurré con el viento de todos los órganos internos: "Creo que voy a estallar".

Hui de la glorieta y los dejé patidifusos allí en el banco. Ellos querían sacarme del abismo al que descendía, pero Dios pretendía que siguiera cavando hasta tocar fondo. Me sentí envenenado y mi camino al pozo fue una tarantela para sudar el veneno de la ansiedad. El agua del pozo era verduzca, y los arbustos y amapolas se habían marchitado. Giré mi rostro y me encontré con la puerta trasera del templo, la puerta a la oficina de Orlando.

Respiré, aspiré y miré al cielo. Ese rayo de sol fue mi línea directa al Señor.

–Señor, ¿qué hago? ¿qué hago? NO, NO, NO, *PLEASE*, ¡NO TE ALEJES!

Bajé la mirada y en el pozo vi el reflejo de mi rostro endurecido por el insomnio y la anemia.

–¡PARA, MARICÓN! –le dije al reflejo y el reflejo repitió lo mismo–. ¿A que no te tiras, patito? –el reflejo me imitaba y se burlaba.

Pasos a mis espaldas. Pasos apresurados quebraban las ramas y hojas secas.

–¡¿Quién está ahí?! –grité. Nada. Nadie respondía–. *Please,* no me hagan esto –les dije a los árboles, las ramas y el viento.

Más pasos. Ahora se multiplicaban y, aunque no los veía, los escuchaba caminar hacia mí. Cerré las pestañas con mucha fuerza a ver si se comían a los ojos. Los abrí y la espalda de un cuerpo desnudo me enfrentaba. Espalda trigueña, rasgada, herida, tierrita y piedritas en la piel. Quedé tieso, estatua de sal. Y la espalda, la espalda se fue evaporando en ese pedazo de realidad viscoso que podía cortar si hubiese querido.

Dirigí mis ojos al cielo. Entonces, la gran misericordia de Dios descendió sobre mí en aquel bosque. Quedé ciego por el rayo de luz y pude escuchar la voz del Padre con piedad diciéndome: "Camina, camina como él. Camina en sus pies". No, no como Anaudi, sino como el otro espíritu que rondaba los predios de la Academia A.T.L.A.S. Cojeé. Así era que él caminaba, cojeando por la izquierda. ¿O era con la pierna derecha? ¿Qué importa? Seguí cojeando en las piernitas fantasmas de Reinaldo. Obedecí al cielo y no paré. Cojeé hasta la glorieta ocupada por pocos alumnos y continué hacia la cancha de baloncesto donde alumnos de noveno se enfrentaban en un partido de práctica. Bajé cojeando por aquella ristra de escaleras empinadas y seguí mi rumbo hasta que el murmullo de Dios me indicó que parara. Me detuve. En el centro de la cancha.

–Mira, so animal, saltelmedio –dijo un blanquito con risos y gafas.

–*Move*, mueve, sacude, coño –repitieron los baloncelistas a coro.

Los alumnos en las gradas me observaban con ojos de espanto y salían a procurar algún adulto. No me inmuté. Allí en el centro de la cancha no me quedaba nada: calorías, grasa, sangre, nada. Empapado en sudor sentí mi ropa holgada derretirse. Abrí los ojos. Subí la mirada al cielo y dejé que el sol entrara otra vez.

Y llegó la luz.

Y descansé.

Capítulo 18

A partir de entonces solo observé el mundo exterior a través de las imágenes en mi memoria. Los números, fechas y datos al azar se adherían con rapidez a mis pensamientos. El 23 de abril es una de esas fechas sellada allí y servía para orientarme en aquel año escolar que había perdido.

–Bienvenidos al Noticiero de las 5 –la reportera comenzaba un segmento en el Canal 4–. La decisión de un juez federal provocó protestas frente al tribunal en Hato Rey. Protestas, protestas, Hato Rey, Hato Rey. 23 de abril. 23 de abril –la reportera perdió el hilo. Tal vez fui yo. Los sonidos que transitaban alrededor del cuarto solían rebotar y repetirse. Aquel olor a yodo, a líquido salino, perturbaba el proceso auditivo. Reconocía la voz. Le pertenecía a la reportera de uñas púrpuras que había caído al suelo víctima de un ataque de hormigas luego de entrevistarme en la academia.

Papi suspiraba. El vaivén de aquel respiro fue una ola que apaciguaba las incertidumbres que me embargaban. Pobre Papá. Sufría en silencio la encarcelación de sus amigos y la mía. Reconocí el sonido de las sandalias de mi madre entrando al cuarto. Jean Naté en el aire.

–Ay Estrella, yo no puedo verlo así –dijo Papi en una voz que se escuchaba en otra dimensión, al otro lado de una puerta de cristal.

–¡Sh sh sh shhhhh! –Mami lo regañó–. Está sedado, pero no dormido.

Una tercera voz, masculina.

–Pedro, coño, tú sabes que estamos, pues, metiendo mano. Hay que esperar a ver, tú sabes, cuál fue el... estado anémico... eh... alucinaciones... eh... ojos de vidrio –la voz se disipó. Se alejaron los tres pares de zapatos que discutían mi estado físico. Exámenes, monitoreo, hay que esperar, hay que confiar, eran las frases que mis oídos agarraban.

No podía ver, pero imaginé a Mami tronándose los dedos y aguantando las ganas de fumar. Seguro que Papi le besaba la frente y respiraba el olor mustio de sus cabellos castaños. Quería abrazarla, decirle que no importaba que se rompiera los dedos o que apestara otra vez a cigarro. Que yo la quería, pero, sobre todo, que Dios la perdonaba. Pero tenía mis muñecas atadas a aquella cama de hospital y con aquel líquido que me habían inyectado, mis brazos se hacían espagueti. No podía dar abrazos.

* * *

Me dieron de alta del hospital. Supuse que era un día de semana porque los nenes apestaban a plastilina, sudor y lápices. Me mantuve alejado de ellos para que no me pegaran los microbios. Mami me preguntó mil veces cómo estaba y me halaba el cordón del *walkman* para que le hiciera caso. "Solo un poco mareado", mentí para que me dejara en paz. Pero estaba aterrado. Regresaba al eje de Caguas, al hoyo de Certenejas. Me pregunté qué ocurriría, cómo me sentiría y si Dios se apiadaría de mí al encontrarme otra vez con la tele, el Cable TV y los demonios de la casa.

Nos estacionamos y no escuché el rugir del viento, el crujir de las hojas, ni el silbido de algún pájaro. El campo estaba inerte como siempre, igual que mis retinas. Escuché las puertas abrirse y a los nenes salir corriendo a los baños. En el silencio del auto sentí que Papi y Mami se comunicaban telepáticamente o con miradas, tratando de averiguar qué hacer conmigo y cómo llevarme hasta la entrada de la casa grande. Mami, en vez te tratarme como un inválido, me dirigió mientras yo agarraba el aire con las manos.

–Dale que tú puedes –dijo–. Directo, y ahora vas a subir las escaleras.

–¿Estrella? –Papi la regañó.

–Pedro. No me jodas. Tarde o temprano va a tener que hacerlo.

Subir las escaleras no fue tan difícil y Mami insistió que las subiera y bajara con frecuencia para que me acostumbrara. La palabra "acostumbrarse" tenía un peso de permanencia que me asustaba, pero no me atrevía a preguntarles a mis padres si algún día volvería a verlos.

Esa primera noche en mi cuarto me vestí solo sin ayuda. Mi mamá había eliminado todo objeto filoso con el que pudiera rayarme y había sellado con goma las esquinas de los muebles. Papi puso un escupidero al lado de la cama por si me daban deseos de ir al baño. Un escupidero, como en el siglo diecinueve.

–Eye, usa el escupidero. ¿Me oíste? –dijo Mami–. No te rías. No te rías, dije.

No quería reírme, pero no me imaginaba usando la vasija de porcelana en el medio de la noche.

Solté un carcajada tímida y Papi también. Intentamos, pero ninguno aguantó y reímos a coro por primera vez en casi un año.

–Grita, ¿oíste, papito? –dijo Mami–. Como si te estuvieran matando. No importa, que venimos enseguida. Y no te toques las vendas de los ojos.

Tan pronto se fueron mis padres, palpé la repisa hasta encontrar el televisor y su control remoto. Sentí los botones y asigné números a cada protuberancia de goma. De 1 a 3, de izquierda a derecha. Canal 28. Cinemax. 2 a la derecha. 8 hacia abajo. Me sentía como si estuviese jugando a la Guija, abriéndole camino a los espíritus. No las reconocí. Las voces que salieron en el canal 28, 30 y 54 eran voces sin rostro. Necesitaba a Maro para que describiera las imágenes como había hecho en el hospital. Apreté botones y me entretuve subiendo y bajando por las estaciones. Tal vez era muy tarde para *Who's The Boss,* pero me dispuse apretar hasta llegar a la voz de Tony. Entonces ahí fue cuando mi corazón paró. No era Tony. Otra voz se hizo textura en mi cerebro. Yo temblaba, o era la cama, no sé, pero mientras El Enviado Spencer cantaba "*WALK THROUGH*

THE FIRE, WALK THROUGH THE FIRE", sentía la piel ardiendo. Apreté botones hasta matar la voz, hasta espantar el espectro del pastor.

Dos días más tarde mi prima Aimi, enfermera, vino a cambiarme los vendajes del rostro. Escuché en la televisión que la Academia A.T.L.A.S. había cerrado. A Reinaldo lo encontraron tirado en un barranco en el barrio Cupey Alto, y mira, sí, tenía un palo en la boca como había pronosticado Lida Gaitán. La academia había cerrado para siempre y esa tarde fui adonde Papi un poco aturdido con la noticia.

–Papi, ¿tú crees que el fin de semana que viene me puedas llevar a ver una película en Plaza con Wu y Taína?

Mi papá se acercó y me apretó a su pecho con fuerza. Sentí todas sus lágrimas mientras me besaba y me pedía perdón.

–Ay, Papi, no llores, no llores que Dios nos perdona –él se quedó entre los sollozos y los besos y no pude contenerme–. ¿Y Papi, que pasó con la iglesia y con las células?

Papi no respondió. El Templo A.T.L.A.S. se había hundido junto a la academia. Papi no quería saber del Enviado, Jota Jota, Mr. C., de nadie. Al Enviado yo siempre lo veía porque cuando tienes ojos cerrados sigues viendo, y siempre veía al pastor, la piel de nácar, la cabellera rubia, los rectángulos de sus lentes translúcidos.

Esa noche entré a los sueños con un peso brutal en mi tórax. Al quedar dormido sentí con más fuerza las tinieblas que cubrían mis ojos. Me balanceaba al tope de un acantilado de colinas doradas y un lago rosado. El cielo era marrón, el color del interior de la piel. Al mirar al vacío, a ese río casi fucsia, percibí el tipo de vértigo que te encoge los testículos. Me agradó ese vértigo nauseabundo. El vacío debajo de mis pies era la grandeza y profundidad de Certenejas, el universo cautivo de todas las bestias de mi temor. Estaba en la oscuridad con el enemigo y, sin embargo, no temía. Aquella sensación de conquista pereció esa misma noche. Anaudi entró a mis sueños y detrás de él vi un lago vertical de oscuridad viscosa. Anaudi cerraba los ojos y sus muecas parecían reaccionar a mi inesperada ceguera. Intenté besarlo, pero esquivó mi rostro.

–Atari. Atari. Atari… –repitió con ojos caídos. Su mirada pasó de mi cara a mi cuerpo. Su rostro se desfiguró y se alejó hasta sumirse en el lago negro. Palpé mi cuerpo y lo que vieron mis manos me llevó otra vez a la desesperación. Había regresado. Toda la carne de pato. La grasa y las putas tetas. No, no, Señor, levántame, despiértame de este cuerpo que se ha convertido en prisión. Tetas. Putas. Tetas. Tetitas. El gritó escapó mi sueño y en segundos mis padres llegaron hasta mi cuarto. Que gritara, ¿no? Como si me estuvieran matando. Así fue que escapé de los sueños del cuerpo, con mi garganta.

–¡Pedro, Pedro por Dios mira cómo se nos pone! No lo podemos dejar solo en el cuarto –sentenció mi madre.

Esa noche dormí entre mis padres en una cama sin color.

* * *

La humedad del verano anunció la llegada de julio. Un año entero en este campo despavorido. El aire del valle era denso, traía el peso de nuestras memorias y esperanzas. Papi salió a la fábrica a velar por la salud de sus jefes rubios y Mami le sacó olores a un caldero en la cocina. Una joven la asistía, otra Soqui, para cuidar nuestros pasos. Sentado en la mesa no dije nada, solo aspiré las especias. Lo que corría por mi mente era el mes de agosto, dónde acabaría haciendo mi próximo grado. En Caguas no había escuelas para niños como yo y temí que me sumiría en las entrañas del campo.

Rechacé la comida y Maro vino a buscarme. Me tomó de la mano y yo apreté la suya, aunque se comiera los mocos. Escaleras flotantes, pasos fríos en las losetas, el viento de la ventana y luego al cuarto. Maro por fin era mi hermano, por fin se acercaba a mi carne. Fue Maro quien me comentó que habían desmantelado los *billboards* del Enviado Spencer en el Expreso Las Américas y que ahora en el tapón de la tarde, la gente miraba los anuncios de la Iglesia de Torre de Marfil, la de Carolina, la que tenía un zoológico y una pastora en vez de pastor. El imperio que tanto anhelaba El Enviado Spencer se desplomó y fueron niños quienes lo desmantelaron: Reinaldo, los niños que se tragaron el plomo de los *Extra Sinner Killers* y, quizás, yo.

–Eye, mira, tu programa favorito, ¿le subo el volumen? –dijo y su cuarto se llenó de risas grabadas, bromas y la voz atlética de Tony Danza.

Nos intoxicamos con varios episodios hasta que llegó la noche. Caminé hasta mi cama y cerré la puerta. Silencio sobre silencio. El Puerto Rico vacío al que tanto le temía había llegado. Mami y Papi me dejaron dormir con ellos por un tiempo, pero luego me lo prohibieron. Lo que pasa es que en las noches regresan. No solo Anaudi o Reinaldo, sino todos los demonios de Caguas. Me vigilan, no me hacen daño, pero se quedan allí conmigo y si me voy de rodillas Mami me amonesta. Antes de acostarme, Mami llega con una pastilla en polvo. Una píldora mezclada con un pellizco de azúcar. Me la trago y duermo con los ojos llenos de luz como cuando veía al Señor y él me hablaba a través de sus versículos.

Un toque en la puerta. Mami. Mami que toca y entra sin permiso. Humedad por todos lados. Me hundo en el pozo y me trago el agua de la oscuridad. Mami dice "yo te limpio" y muero de la vergüenza y desnudez. Toso para escupir el olor a orín de la boca y lloro porque ha llegado la hora de soñar. Me soba las cejas y abro la boca. Carne de mi carne, y el azúcar se disuelve en la saliva. Antes de salir con las sábanas sucias me dice:

–Eso son pajitas que le caen a la leche.

FIN

Foto por: Omar Robles

El escritor y periodista **Huáscar Robles** ha sido corresponsal en Haití y es el autor de *Puertos Príncipes: temblemos todos*. Ha publicado en The New York Times, Chicago Tribune y El Centro de Periodismo Investigativo. Robles ha presentado su fotoperiodismo en Columbia University, New York University y la Universidad del Sagrado Corazón y es el recipiente del Ochberg Fellowship, Justice and Journalism Fellowship y de una residencia artística en AS220. Obtuvo una maestría en escritura creativa en New York University y en el momento trabaja el libro de cuentos "Los penúltimos días". *Demonios* es su primera novela.

Este libro se terminó de editar en marzo, 2022. La secta de los perros celebra con la publicación de *Demonios* de Huáscar Robles a una audaz generación de narradorxs boricuas.

la secta de los perros

Made in the USA
Monee, IL
14 January 2024

50875845R00159